Axl Cendres

# *Cœur battant*

ÉDITIONS
SARBACANE
Depuis 2003

## Bande-son

– Renaud, *J'ai la vie qui m'pique les yeux*
– Radiohead, *No Surprises*
– Fauve, *Les hautes lumières*
– The Rolling Stones, *Winter*
– Serge Gainsbourg, *La recette de l'amour fou*
– Amy Winehouse, *Our Day Will Come*
– Barbara, *Le mal de vivre*
– Eminem, *Beautiful Pain*
– The Doors, *Waiting For The Sun*
– BB Brunes, *Nico Teen Love*
– Janis Joplin, *Little Girl Blue*
– Diam's, *T.S.*
– Nirvana, *Lithium*
– Mylène Farmer, *Alice*
– Jimi Hendrix, *Bold As Love*
– Léo Ferré, *Il n'aurait fallu (poème d'Aragon)*
– Rihanna, *Love On The Brain*
– Jaques Brel, *Une valse à mille temps*
– Aerosmith, *Amazing*
– Arthur H, *Adieu Tristesse*
– Frank Sinatra, *The Best Is Yet To Come*
– Edith Piaf, *Enfin le printemps*

*À un tendre cœur solaire, d'où rayonne ce fil lunaire*
*qui recoud en un éclair mon p'tit cœur foutu en l'air.*

# PREMIÈRE PARTIE

## Dans une clinique psychiatrique déguisée en citadelle féerique

« *L'amour est le désir de trouver quelqu'un*
*qui connaisse l'étendue de notre tristesse.* »
Alice au pays des névroses

# 1

Dans une pièce qui ressemblait à une salle de classe, nous étions cinq à être assis derrière de petites tables formant un cercle.

Blouse blanche et barbe grise, celui que tout monde appelait le Doc, le psychiatre qui animait la séance, a joint les mains avec un sourire joyeux.

« Bien ! » il a dit. « Comme nous avons un petit nouveau parmi nous, et pour le mettre à l'aise, chacun va rappeler son prénom et la façon dont il a essayé de se suicider. »

Le petit nouveau, c'était moi. Nous étions tous ce que l'on appelle des *Suicidants*, c'est-à-dire des personnes qui ont raté leur tentative de suicide – à ne pas confondre avec les *Suicidaires*, ceux qui ne sont pas passés à l'acte.

Un garçon s'est lancé. Ses cheveux étaient aussi roux que les miens étaient bruns, et il était aussi gras que j'étais en os.

« J'm'appelle Victor, j'ai avalé une boîte de pilules que ma mère prenait pour dormir, j'croyais que c'étaient des somnifères, mais en fait c'était un truc avec des plantes… »

« Merci Victor ! » a dit le Doc d'un ton enjoué.

Son regard s'est tourné vers un monsieur blanc comme un linge sale.

« Jacopo ? »

« Mon nom est Jacopo », a soupiré le monsieur avec un léger accent italien. « J'ai essayé de me jeter d'une falaise… mais j'ai pas réussi à sauter. »

« Moi », a enchaîné une vieille dame élégante, « je m'appelle Colette, et avec mon Lucien, nous en avions fini avec la vie. Nous avons loué une chambre dans un hôtel somptueux où nous avons passé une soirée délicieuse, puis nous avons avalé des barbituriques. On s'est allongés sur le lit en se tenant la main… Malheureusement, je devais être plus résistante que lui, puisque j'ai survécu. Mon Lucien ne m'a jamais vendu du rêve : il m'a offert un miracle, et depuis… »

« Merci ! » l'a stoppée le Doc.

Il s'est tourné vers moi.

« Et toi mon garçon, alors : comment tu t'y es pris ? Alex, c'est bien ça ? »

Tous les regards se sont braqués sur moi, dans l'attente avide d'une nouvelle histoire.

« D'abord, j'ai pris des bêtabloquants pour provoquer un arrêt cardiaque. Comme ça ne venait pas, je suis allé chercher le pistolet de mon père et j'ai essayé de me tirer une balle dans le cœur, mais je m'y suis mal pris, et la balle a fini dans mon épaule. »

Non sans une certaine admiration, ils ont tous fixé mon bras en écharpe.

Le Doc a tapoté la table avec son index.

« Bien bien bien ! Et si nous parlions maintenant de… »

Mais il s'est interrompu net car à cet instant, dans l'encadrement de la porte, est apparue une fille belle comme la nuit : regard bleu-givré, longs cheveux noirs et teint de cadavre.

« Je suis en retard », elle a fait remarquer sans s'excuser.

« Bienvenue parmi nous, Mademoiselle ! » s'est enthousiasmé le Doc, comme si un invité surprise s'était pointé à son goûter d'anniversaire.

*Et merde*, j'ai pensé. Parce que j'avais senti mon cœur battre. Ce foutu cœur que j'avais tout fait pour arrêter, il tapait vite et fort. Et j'ai compris ce que c'était : l'effet d'une réaction physiologique destinée à faire copuler deux individus d'une même espèce dans le but de se reproduire, ce truc que l'on appelle communément *l'Amour*. Je ne voulais pas de ça.

La fille s'est assise.

« Eh bien », a dit le Doc, presque ému de bonheur, « deux nouveaux dans la même journée… le groupe des *Suicidants* s'étoffe ! »

Il s'est tourné vers la fille :

« À l'arrivée d'une nouvelle personne dans le groupe, et afin de la mettre à l'aise, les anciens rappellent la façon dont ils ont tenté de se suicider… Selon mon registre, votre prénom est Alice, c'est bien ça ? »

Elle a hoché la tête.

Le Doc nous a regardés.

« Chacun va donc rappeler la façon dont il a essayé de se suicider ! »

Des soupirs las se sont fait entendre.

« Pas la peine de me raconter vos histoires », a dit Alice, « je suis très à l'aise avec ça. La première fois j'avais huit ans, j'ai tenté de me pendre avec ma corde à sauter. »

Tous les yeux se sont écarquillés d'admiration.

« Cette fois-ci », elle a continué, « j'ai voulu de me planter un couteau dans le cœur, mais il a glissé vers mon épaule. »

Elle a écarté son haut pour montrer le pansement.

C'était bien la femme de ma vie – ou celle de ma mort.

## 2

La *Clinique de la Citadelle* était un établissement psychiatrique qui accueillait toutes sortes de gens dont la tête ne tournait pas rond. On y distinguait plusieurs groupes : *les Alcooliques*, *les Anorexiques*, *les Sexooliques*… et *les Suicidants*.

Au milieu d'un grand parc vert chatoyant se trouvait une forteresse médiévale dont les angles s'élevaient en tours couronnées de coupoles. La façade avait été gardée intacte, mais l'intérieur avait été transformé en une sorte d'hôtel dont les chambres allaient de la standard à la plus luxueuse. Sauf que dans cet hôtel-là, les portes ne pouvaient pas être verrouillées, les fenêtres étaient condamnées, les clients étaient appelés *patients*, et les membres du personnel, *infirmiers*. Les dépendances de la forteresse avaient quant à elles été transformées en salles pour les groupes de parole, les séances de psychothérapie collective, et autres ateliers tels que l'art-thérapie ou l'improvisation théâtrale.

Comment un gamin comme moi, issu d'un quartier populaire, avait-il atterri dans un endroit pareil ?

Après ma tentative de suicide, c'était mon père qui m'avait trouvé – après avoir entendu le coup de feu. En me découvrant sur le sol couvert de sang, il avait d'abord cru que j'étais mort, puis il avait vu ma poitrine se soulever et s'abaisser péniblement.

Pompiers-Samu-Coma.

Réanimation.

Deux arrêts cardiaques et autant d'électrochocs plus tard, je me suis réveillé dans un lit d'hôpital. J'avais un tube au fond de la bouche que je sentais jusque dans mon gosier, j'ai voulu l'enlever mais impossible : mes poignets étaient attachés au lit par des sangles.

Une infirmière a fini par arriver et, quand elle a constaté que j'étais réveillé, elle a prévenu un médecin. Comme je ne pouvais pas bouger la tête à cause du gros tube, je ne voyais pas à quoi il ressemblait, mais j'ai entendu sa voix lorsqu'il lui a chuchoté :

« Entre nous, avec tous les bêtas qu'il s'est avalés, j'étais sûr qu'il allait lâcher ! »

Puis il s'est penché sur moi pour me dire :

« Je ne sais pas ce que vous voulez faire à votre cœur, mais lui, il ne veut pas. »

Plus tard, j'ai entendu un autre médecin parler avec mon père. Il était psychiatre et il a déclaré :

« Après une tentative de suicide comme celle-là, votre fils doit absolument être hospitalisé. »

« Chez les fous ? » a demandé mon père.

« Euh… dans un établissement psychiatrique. »

« OK », a dit mon père en croisant les bras. « Où vont les fous qu'ont du pognon ? »

Voilà comment je me suis retrouvé à la *Clinique de la Citadelle*.

Où mon père avait-il trouvé le pognon ? Ça le regardait.

***

Dans le réfectoire – qu'on appelait *restaurant*, m'a appris un infirmier –, je cherchais une place où m'asseoir avec mon plateau dans les mains quand j'ai vu le gros garçon roux me faire des signes pour m'inviter à le rejoindre. Je me suis avancé, il m'a souri.

« Victor, tu te souviens ? »

« Oui », j'ai dit en m'asseyant face à lui.

« C'est cool que tu sois là, d'habitude j'suis tout seul à la table des *Suicidants*. Colette, qui est *aussi* alcoolique, trouve qu'il y a plus d'ambiance à leur table. Et Jacopo, il mange dans sa chambre, une suite genre palace, il se fait livrer par un traiteur italien tous les jours… C'est un millionnaire, il a hérité de sa famille qui fabriquait des moteurs d'avion ! »

Mon compagnon de tablée était visiblement du genre bavard.

« Alors, raconte ! Comment ça se fait que ton père avait un flingue ? Il est flic ? »

« Pas vraiment. »

« Tu veux dire que c'est un gangster ?! »

J'ai pas répondu.

« Whaaa », il a fait. « Ça doit êt' sensass. Mon père est dans la finance, c'est chiant… »

Il s'est mis à faire de grands signes à quelqu'un dans mon dos. Je me suis retourné : c'était la fille au teint de cadavre, Alice.

Mon satané cœur a battu plus fort.

Ignorant les gestes de Victor, la fille a tourné la tête, puis elle est allée asseoir plus loin.

« Connasse ! » a lancé Victor. « Mais sacrée connasse : le coup de la corde à sauter pour se pendre, c'est quèque chose ! Dis, tu veux un autre dessert ? C'est fastoche, regarde : ça, c'est la table des *Anorexiques* ! »

À la table de droite étaient assises plusieurs filles aux bras fins comme des allumettes. Victor s'est discrètement tourné vers elles, et elles lui ont fait passer leurs desserts sous la table.

Pendant qu'il engloutissait son quatrième gâteau au chocolat, il s'est mis à grommeler :

« Mon truc à moi, c'est la bouffe. Mais si tu veux de l'alcool, va voir chez *les Alcooliques* ; si tu veux t'envoyer en l'air, fais un tour du côté des *Sexooliques* ; et si ton truc c'est la défonce, y a un gars qui vend de la coke et des ecstas, chambre 62 ! »

***

Dans le grand escalier tapissé de marbre, tandis que je regagnais ma chambre, j'ai croisé Colette, la vieille dame élégante.

Elle m'a arrêté en m'attrapant par le coude, avant de chuchoter :

« Je sais que les jeunes sont avides de nouvelles expériences. Alors… si jamais un soir tu as envie de m'étouffer avec un oreiller pendant mon sommeil, n'hésite surtout pas ! »

J'ai pas su quoi répondre à ça.

« Je suis à la chambre 44 », elle a conclu avec un clin d'œil.

Bienvenue à la *Clinique de la Citadelle.*

# 3

Le lendemain matin, en traversant la salle avec mon plateau du petit déjeuner, je suis passé successivement devant la table des *Alcooliques*, dont les membres semblaient partager une gueule de bois, la table des *Sexooliques*, dont certains m'ont regardé comme s'ils voulaient me bouffer, et la table des *Anorexiques*, lesquelles étaient très occupées à cacher leurs pains au chocolat sur leurs genoux...

Arrivé à la table des *Suicidants*, je me suis assis face à Victor qui, tout seul, m'attendait avec une impatience visible.

« Alors, cette première nuit ? T'as eu de la visite ? »

Il faisait allusion à l'infirmier qui était entré plusieurs fois dans ma chambre pendant que je dormais, pour vérifier que je respirais. Bien évidemment, il m'avait réveillé à chaque fois.

« T'inquiète », m'a rassuré Victor, « on s'y habitue au bout de quelques jours... »

Je sirotais mon déca en silence – la caféine étant prohibée dans la clinique –, quand Victor m'a relancé d'un sourire gourmand.

« Tu veux des pains au chocolat en rab ? Regarde », il a dit en jetant un œil à la table des *Anorexiques*. « La livraison est prête ! »

« Non merci », j'ai répondu.

Il a haussé les épaules, s'est tourné vers les filles aux bras d'allumettes, et a récolté leurs pains au chocolat.

La bouche pleine, il a repris :
« On a art-thérapie, ce matin… »
« C'est quoi ? » j'ai demandé.
« Ça dépend des fois. On fabrique des trucs, ou alors on peint… Tu vas voir », il a rigolé, « la prof ressemble à un lapin ! »

***

Dans un des pavillons de la forteresse, j'ai donc découvert la salle d'art-thérapie ; une pièce où, dans tous les coins, on pouvait voir les créations que les patients avaient produites année après année. La majorité des œuvres étaient grises ou noires, mais il y avait aussi quelques tableaux colorés… de rouge sang pour la plupart.
Tout notre groupe de *Suicidants* était présent – à part Jacopo, parce que ça l'emmerdait.
L'animatrice de l'atelier, une petite brune qui avait en effet un visage de lapin, souriait si béatement qu'elle paraissait shootée au LSD.
« Ici, il s'agit de vous, de vous et rien que de vous », elle a déclaré.
Personne n'a réagi.
Elle s'est levée de sa chaise, et est allée chercher plusieurs morceaux de glaise qu'elle a posés sur la table autour de laquelle nous étions assis.
« Prenez ! Modelez cette glaise à votre image ! Comment vous voyez-vous ? »
Après un instant à se regarder sans rien dire, chacun s'y est mis.
Une vingtaine de minutes plus tard, on avait fini nos œuvres et dégueulassé nos fringues avec la glaise.
Victor avait confectionné une grosse boule.
L'animatrice lui a souri.
« C'est comme cela que tu te vois ? »
« Ben oui, j'suis gros. »
« Tu sais, tout est relatif… »

« Venez jeudi matin chambre 106 : c'est le jour de la pesée. Vous verrez si ce qui est marqué sur la balance est relatif… »

Sourire de lapin gêné.

« Oh ! » elle s'est écriée en se tournant vers Colette pour changer de conversation, « qu'est-ce que vous nous avez fabriqué là ? »

« La moitié d'une orange. C'est comme ça que je me vois depuis que je suis séparée de mon Lucien : à moitié. »

« Je vois… Tiens tiens ! », elle a lancé en se penchant vers moi, « un grand cercle ! Tu te vois comme une roue, peut-être ? Une roue qui avance ?… »

« En fait », j'ai dit, « c'est plutôt à l'intérieur du cercle qu'il faut regarder. C'est vide : je ne me vois pas. »

Elle a eu un petit toussotement, avant de bifurquer vers Alice. Celle-ci semblait très douée pour la sculpture sur glaise : elle avait fabriqué une petite réplique d'elle-même assez ressemblante.

« Regardez », a dit l'animatrice, « ceci est bien la preuve qu'on peut se voir tel que l'on est ! Comme c'est bien exécuté… On a l'impression que cette statuette va s'animer sous nos yeux ! »

« Ah, ça non », a dit Alice.

« Non ? »

« Non », a repris Alice, « parce qu'elle n'est pas vivante. Vous voyez, sur son cou, j'ai tracé les marques de strangulation consécutives à sa pendaison. En fait, je me vois morte. »

L'animatrice a pianoté sur la table avec ses doigts, l'air empêtrée.

Elle s'est redressée, guillerette :

« Que diriez-vous de fabriquer des bracelets ?! »

Colette protestait contre *ces foutus bracelets* quand un infirmier a passé la tête par la porte :

« Chambre 33 ! »

« C'est moi », j'ai dit.

« Le Doc te cherche pour ton rendez-vous individuel. »
Je me suis levé pour partir. Les autres avaient l'air de sacrément m'envier.

***

Dans la salle de jeux, le Doc m'attendait avec un plaisir non dissimulé.
« Désolé de t'avoir arraché à ton activité, Alex, mais je dois partir plus tôt aujourd'hui, et nous n'avons pas encore eu notre séance individuelle. »
« Pas de problème », j'ai dit.
« Bien ! Je trouve cela plus ludique de se voir dans la salle de jeux plutôt que dans mon bureau. Tu veux faire une partie de billard ? »
« Pourquoi pas. »
Sur la table, il a placé les boules, et m'a proposé de commencer.
« Bien joué ! » il s'est exclamé, complimentant mon premier coup. « Et si tu me disais pourquoi tu as voulu te faire du mal ? »
« J'ai pas voulu me faire du mal ; j'ai voulu mourir. »
Il a mis une bonne minute à se placer avant de jouer son coup, qu'il a raté.
« C'est à toi. Et pourquoi voulais-tu mourir ? »
« Parce que je n'aime pas le concept de la vie. »
« Tu peux préciser ? »
« On est programmés pour aimer les gens, et les gens sont programmés pour mourir. »
« Continue. »
« Notre espèce est donc programmée pour souffrir – la preuve, nous naissons avec la capacité de sécréter des larmes. »
Le Doc regardait le billard en réfléchissant ; j'étais en train de mener.
« Parfois », j'ai repris, « c'est à se demander si les yeux servent à voir ou à pleurer. »

Il s'est gratté la barbe.

« Si je comprends bien, tu as voulu mourir pour ne plus souffrir ? »

« C'est ça. »

« Et qu'est-ce qui te faisait tellement souffrir, dis-moi ? »

« La mort de ma mère. »

« Toutes mes condoléances… »

« Merci, mais ça fait neuf ans qu'elle est morte. »

« Tu veux dire que… tu souffres depuis toutes ces années ? »

« Non. Seulement depuis quelques jours. »

Le Doc se massait la barbe, l'air déboussolé. J'ai expliqué :

« Il y a neuf ans, j'ai rien ressenti. J'étais comme congelé de l'intérieur. Et puis je me suis décongelé il y a quelques jours, et ça m'a fait un mal de chien. »

Je me suis concentré pour jouer mon dernier coup. J'ai gagné la partie.

« Ce que j'aurais voulu, c'est ne plus jamais aimer personne. »

Silence.

« Mais c'est impossible, ça. L'amour, c'est de la biologie, des molécules dans le cerveau qui font battre le cœur… »

« Alors tu as décidé d'arrêter ton cœur », a déduit le Doc avec un sourire.

« Exact. »

« Très belle partie, Alex, Bravo. On se revoit en thérapie de groupe avec les autres *Suicidants* ! »

# 4

« Maman est folle. »

Gamin, c'était ce que je disais aux copains quand ils venaient jouer à la maison, et qu'ils apercevaient ma mère dans sa chambre en train de danser en chantonnant, un pinceau à la main avec lequel elle dessinait sur le mur.

Pour moi, y avait rien de bizarre à ça ; elle était comme elle était. Pour Papa, y'avait rien de mal à ça, elle était ce qu'elle était.

En plus, Maman avait des idées plutôt jolies et elle inventait des mots que j'aimais bien. Comme cette fois où elle avait peint un mur en bleu ciel parsemé de petits rectangles. Je lui avais demandé ce que ça représentait, et elle m'avait répondu, les yeux brillants :

« Pourquoi on creuse des trous dans la terre pour que les morts soient enterrés ? Ce serait tellement plus beau si on creusait des trous dans le ciel pour que les morts soient *encielés* ! »

Le ciel, c'était son truc à Maman. Et ce qu'elle aimait par-dessus, c'était quand on allait à la mer et que l'horizon s'effaçait en un seul bleu.

Elle disait alors :

*« Le ciel se déverse dans la mer, c'est la vie qui se fait belle pour t'inviter à vivre… »*

Et tandis que les autres se jetaient à l'eau, Maman et moi, on se jetait au ciel.

Maman avait été diagnostiquée maniaco-dépressive – *bipolaire*, comme on dirait plus tard pour faire moins peur. Mais la vérité était qu'elle avait bel et bien des phases de « manie », durant lesquelles elle était très joyeuse, pleine de projets fous, bavarde, drôle et aimante; et des phases de dépression durant lesquelles elle ne bougeait pas de son lit, passant ses journées à dormir quand elle n'était pas en train de pleurer.

Bien sûr, on lui a donné un traitement, mais elle a arrêté de le prendre au bout de deux semaines, parce qu'elle *s'ennuyait d'elle.*

Elle se trouvait trop *ordinaire*.

Dans les toilettes, Maman a jeté tous ses médicaments en murmurant un verset de la Bible : *Comme le chien retourne à son vomi, l'insensé retourne à sa folie...*

Bientôt, les crises ont recommencé. Et recommencé.

Pendant ses phases de manie, elle me réveillait parfois à 2 heures du matin, le regard étincelant.

« Et si on allait à la plage ? » elle chuchotait pour ne pas réveiller Papa.

Elle m'installait à l'arrière de la voiture où je continuais ma nuit; et à mon réveil, j'étais sur le sable, et devant moi apparaissait le soleil qui faisait briller des millions de paillettes sur la mer.

C'était merveilleux.

Elle me berçait contre sa poitrine.

« Tout au fond, je m'éteignais sans éclairs... En surface, je me noyais en plein air... et puis toi, ton pouls a battu dans mon sang, un souffle liquide a coulé jusqu'au fond, et tu m'as donné la vie. »

J'aimais bien, même si j'y comprenais rien – c'était comme si Maman parlait une langue étrangère dont la musique me plaisait.

Elle m'embrassait doucement le front.

« Je suis en vie à partir de toi. »

La joie étoilait le visage de Maman comme une poudre de diamant.

Elle me fredonnait :

« Vole les lumières, toutes les lumières que tu peux… Les ténèbres ont un appétit féroce, alors vole les lumières… »

Puis une idée lui venait.

« Et si on allait chercher des glaces pour le petit déjeuner ? »

J'avais la Maman la plus formidable du monde.

Quand on rentrait à la maison, Papa ne disait rien. Il ne faisait pas de commentaires, ne posait pas de questions. Maman était folle et c'était comme ça.

On la laissait *aller au bout*, même si on ne savait pas au bout de quoi. Comme par exemple cette fresque qu'elle avait réalisée sur les murs de ma chambre. Pendant deux jours elle avait peint sans arrêt, sans manger et sans dormir. Et personne ne devait la déranger – je dormais avec Papa. Quand elle a eu fini, j'ai découvert la fresque : des flammes, beaucoup, beaucoup de flammes et, au-dessus, un petit carré bleu clair.

« C'est toi ! » m'a expliqué Maman, dans tout l'éclat de son délire.

Elle a désigné le petit carré bleu clair.

« Tu es le ciel qui s'est levé sur mon enfer… »

Son regard dément ne tenait pas en place ; on aurait dit que des milliers d'idées s'entrechoquaient dans sa tête, des étoiles filantes que son regard cherchait à attraper.

« Mais c'est une œuvre évolutive… Tu comprendras demain matin ! »

Le lendemain, je me suis réveillé entouré de murs bleu ciel.

« Tu es partout !! » s'est exclamée Maman, le visage poudré de diamants. « Les flammes de mon Enfer ? Éteintes par le déluge de ton ciel-coulant… »

Maman parlait simplement sa langue à elle, et peu importait que je la comprenne ou non : je la trouvais belle.

Puis venait sa phase dépressive. Et là, c'était une autre histoire… Maman ne parlait plus, les sanglots étouffaient tous ses jolis mots. Elle ne brillait plus, les ténèbres dévoraient toute sa lumière.

Baignée d'un océan de noir, Maman était réduite en larmes.

Je me blottissais contre elle, le soir, pour qu'elle n'ait pas peur – dans le noir, on a toujours peur d'un monstre qui n'y est pas. Et je m'efforçais de parler sa langue en espérant qu'elle me comprenne.

« C'est moi, Maman… Le ciel qui s'est levé sur ton enfer… »

Je pensais, j'étais même sûr, que mon amour *pouvait* la guérir ; mais son mal s'avérait plus fort que mon amour, et ça voulait dire qu'il était vraiment très fort. Elle continuait à pleurer sans raison, à dormir sans sommeil, et je n'y pouvais rien. J'imaginais Maman aspirée par un tourbillon de nuit sans lune et sans étoiles.

Mon père finissait par m'arracher à elle. Il m'asseyait dans la cuisine pour que je mange quelque chose.

« En ce moment, ta mère est très malheureuse », il me disait, « c'est une maladie. Comme quand elle est très heureuse. T'y peux rien. »

Je m'embrouillais en sanglotant :

« Je dois voler les lumières, pour… pour le ciel qui coule, celui qui éteint l'enfer de Maman… Mon cœur doit battre dans son sang pour lui donner la vie… »

Et puis, il y a eu cette fois où le tourbillon a dû l'emmener trop loin au fond de l'océan, puisque même son sommeil et ses larmes l'ont quittée. Maman est alors devenue une ombre aux yeux imbibés et cernés de noir ; une ombre assise à la fenêtre, regardant la nuit s'endormir pour réveiller le jour, puis le jour s'endormir pour réveiller la nuit.

***

J'avais huit ans quand c'est arrivé.

Je rentrais de l'école et j'ai trouvé Maman dans sa chambre, les pieds flottant au-dessus du sol, pendue à un fil électrique.

D'un coup, je me suis frigorifié. On aurait dit que de la glace liquide avait enrobé mon cœur avant de se solidifier, figeant mon sang et mes sentiments. Je ne ressentais rien.

Je suis ressorti de la maison, et je suis allé trouver Papa au bar où il avait ses habitudes.

Il était assis à une table, il discutait avec un gars. Je me suis planté devant lui.

« Maman est morte », j'ai dit.

Il a compris que je ne plaisantais pas.

Les jours suivants, je n'ai pas versé une seule larme pour Maman ; je n'étais même pas triste, je ne ressentais rien du tout.

Les gens trouvaient ça difficile à croire, mais c'était vrai. Au final, on a conseillé à mon père de m'emmener voir un psy.

« Je vais bien », j'ai expliqué au psy, « j'ai une carapace glacée autour du cœur. »

« Tu n'éprouves pas de chagrin ? »

« Aucun. »

Et il a fait son compte rendu à Papa :

« Votre fils a refoulé une émotion trop violente, un choc qu'il ne pouvait pas supporter. Le refoulement des émotions est un mécanisme défensif qui est utilisé inconsciemment pour ne pas souffrir. »

Je comprenais ce qu'il voulait dire, mais je n'étais pas d'accord avec lui. Dans mon cas, c'était différent, j'en étais sûr : une solide couche de glace entourait simplement tout mon cœur.

Le seul truc que je trouvais moche, c'était qu'on avait creusé un trou dans la terre pour que Maman y soit enterrée ; Maman qui aurait pour sûr préféré être *encielée*.

Les années qui ont suivi, j'étais une sorte d'automate. Je faisais ce qu'on me disait de faire : j'allais à l'école, je n'oubliais pas mes devoirs, j'obtenais de bonnes notes ; je traînais avec les gamins de mon quartier avec lesquels je faisais des bêtises – comme ouvrir les portes des voisins à l'aide de pinces à épiler et changer leurs bibelots de place pour les rendre fous –, je rigolais quand ils rigolaient, je me bagarrais quand ils se bagarraient. Je ne ressentais absolument aucune émotion, mais j'avais l'air tout à fait normal.

J'étais un gosse parmi d'autres, sauf que moi, mon enfance était terminée. Un enfant, ça se croit à l'abri du noir grâce à un ours en peluche ; et la fin de l'enfance, c'est comprendre que rien, absolument rien, ne vous protège du noir.

C'est à l'âge de dix-sept ans, un jour comme les autres, que la couche de glace s'est fendue ; mon cœur s'est soudain remis à battre, et les coups m'ont fait terriblement mal.

Mon père m'a traîné chez le psy. Et le psy a expliqué que le *souvenir refoulé*, avec toute la souffrance qu'il avait scellée, avait refait surface. Pourquoi à ce moment-là ? Sûrement à cause des bouleversements hormonaux de l'adolescence, a conclu le psy.

« Laissez sa douleur s'exprimer », il a conseillé à mon père.

Et elle s'est exprimée, ma douleur : une brûlure qui allait et venait entre ma peau et mes os ; comme si mon cœur, déglacé, entrait en éruption et crachait des coulées de lave dans mes veines !

Avec la douleur sont venues les larmes, celles que je n'avais pas versées enfant – et il y en avait…

Pendant des jours, sans arrêt, j'ai chialé comme un gamin dans mon lit. À grosses et lourdes larmes. Je me suis souvenu de ce que ça faisait, d'aimer quelqu'un. C'est là que j'ai décidé de ne plus aimer personne. À quoi ça servait d'aimer les gens, puisqu'ils allaient mourir ?

J'en ai parlé au psy. Il était navré pour moi.

« Malheureusement, mon garçon, on ne peut pas décider de ne plus aimer. Je vais te donner quelque chose à lire. »

Il m'a remis un livre dans lequel j'ai appris que l'amour, c'était physiologique, rien d'autre qu'un cocktail de molécules : les phéromones, qui attirent les personnes ; le phényléthylamine, qui déclenche des sensations de joie ; les endorphines, qui plongent le cerveau dans un état d'ivresse ; la dopamine, qui émet un signal de bonheur, etc. Le tout étant relié au cœur, un bout de viande qui tape fort pour nous faire croire que ce sentiment magique émane de lui.

Une illusion, voilà ce que c'était, l'amour ; une illusion qui finissait invariablement dans la douleur. Alors pourquoi s'infliger ça ?

J'ai donc décidé d'abattre mon cœur.

# 5

À mon deuxième petit déjeuner à la *Clinique de la Citadelle*, j'ai eu la surprise de voir que Victor n'était pas seul : Alice lui faisait face.

Je me suis assis entre eux en ignorant mon cœur. Et en essayant de détacher mes yeux de la poitrine d'Alice, qui portait un haut assez transparent…

« T'as vu ? », m'a dit Victor, « maintenant on est trois à la table des *Suicidants* ! »

« J'ai pas eu le choix », a répliqué Alice. « Les infirmiers m'ont dit que ça faisait partie de la thérapie. »

Victor a fait une grimace vexée.

« Si tu veux pas parler avec nous », il a dit sur le ton d'un enfant, « c'est pas un problème ! »

Elle n'a rien répondu. Victor m'a souri.

« Tu veux des pains au chocolat en rab ? »

« Non merci », j'ai répondu.

Il s'est tourné vers les filles aux bras d'allumettes.

Alice buvait son thé en silence, et moi je maudissais ces foutues molécules qui contrôlaient mes émotions : je ne *voulais pas* être amoureux. Je maudissais aussi mes foutues hormones d'adolescent : je ne voulais pas être obnubilé par sa poitrine !

Victor a enchaîné, la bouche pleine :

« On a une activité ce matin : *La Marche en Pleine Conscience…* »

« C'est quoi ? » j'ai demandé.

« On marche pendant une heure, et un type parle… c'est chiant, mais y a rien d'autre à faire ! »

***

« Oh, regardez comme c'est merveilleux ! Un oiseau vient de se poser sur la branche de cet arbre ! »

Le responsable de cette phrase était un grand blond au visage lisse, l'animateur de *La Marche en Pleine Conscience*. Cet atelier était destiné à nous réapprendre à nous « émerveiller des choses simples de la vie » ; comme, par exemple, un oiseau se posant sur la branche d'un arbre…

Alice – qui, heureusement pour moi, s'était changée –, Victor, Colette et moi, on suivait notre guide qui parcourait le parc en s'émerveillant de tout, comme s'il était sous champignons hallucinogènes. Jacopo n'était pas venu, parce que ça l'emmerdait.

L'heure de marche semblait interminable… Le gars paraissait capable de s'émerveiller du moindre brin d'herbe. OK, la première fois que j'avais découvert ce grand parc avec sa pelouse vert vif, ses arbres variés et ses petits cours d'eau où barbotaient des canards, j'avais trouvé ça joli, mais rien de *merveilleux*.

« Oh », il a couiné, « le vent se lève… Vous le sentez sur votre visage ? C'est mer-vei-lleux… »

« Oh », a dit Alice en allumant une cigarette, « je sens la fumée traverser mes poumons, c'est for-mi-dable… »

« Oui ! » s'est extasié le gars sans voir qu'elle se payait sa tronche, « c'est ça, *la Pleine Conscience* : prendre pleinement conscience des merveilles que la vie nous offre… les tracas du passé et de l'avenir sont occultés par la grâce du moment présent… »

« C'est exactement ça », a répondu Alice en clopant tranquillement, alors qu'on nous avait rabâché que c'était interdit dans le parc.

La séance finie, l'animateur a serré les mains de chacun d'entre nous en répétant :

« La vie est un cadeau, et ça ne se fait pas de rendre un cadeau. »

Avec le sourire, Colette lui a répondu :

« Ne dites pas de bêtises : quel genre de créancier ferait un cadeau qui consiste vivre et mourir à crédit dans le but d'acheter *la vie éternelle* ou Dieu sait quoi ? »

Pas de réponse. Juste un regard émerveillé. Et le gars nous a plantés.

Sur l'herbe tondue de près, on s'est mis à marcher vers la forteresse. Colette a soupiré.

« À chaque fois que ce type s'émerveille, j'ai envie de l'étrangler ! »

Alice, sourire en coin, lui a répondu :

« Quand tu as envie de l'étrangler, tu ne penses ni au passé ni à l'avenir : ça veut dire que c'est de la *Pleine Conscience* ! »

« Tu as raison. Je le lui dirai la prochaine fois ! »

« Je suis sûre qu'il va trouver ça merveilleux. »

Elles se sont souri.

« Moi », a dit Victor, « je pige rien à cette histoire de *Pleine Conscience…* »

« C'est simple », j'ai répliqué en réfléchissant à un exemple qui saurait lui parler. Quand tu manges un plat, tu ne penses ni au plat d'avant ni à celui d'après. »

« Je pense *toujours* au plat d'après ! »

« Si tu goûtais aux lasagnes que se fait livrer Jacopo », est intervenue Colette, « tu ne penserais pas au plat d'après. »

« Jacopo vous a fait goûter ? » a demandé Victor, très intéressé.

« Pas vraiment », a répondu Colette. « Ça s'est passé une fois où il est rentré à la clinique particulièrement déprimé, après une énième tentative de saut de falaise ratée… Soit son échec lui avait coupé l'appétit, soit les médecins avaient forcé sur le Prozac… »

Elle s'est tue, comme pour faire monter le suspens.

« Toujours est-il que je me dirigeais vers ma chambre quand j'ai croisé la porte de Jacopo, devant laquelle était posé son plateau. Le plat était intact, je n'ai pas pu m'empêcher de goûter. C'était exquis ! J'ai continué à faire ça à chaque fois que j'ai pu… La nourriture ici n'est pas mauvaise, mais mon Lucien m'emmenait dans de grands restaurants, alors goûter ces plats, c'était un peu le retrouver… »

« Et les lasagnes ?! » s'est impatienté Victor.

« C'étaient des lasagnes aux aubergines. Lorsque je les ai goûtées, la saveur a comme explosé dans mon cerveau ! Pour vous dire, à ce moment précis, je n'ai pensé ni à ma vie passée ni à ma mort future… »

« Whaaa ! » a fait Victor, la bave aux lèvres. « J'en veux : je vais lui demander ! »

« Attention », l'a averti Colette, « tu n'es là que depuis quelques semaines, moi je côtoie Jacopo depuis bien plus longtemps, et je peux te dire que je ne l'ai jamais entendu dire *oui* à quiconque. Tout l'emmerde… »

« Alors comment je fais pour qu'il accepte ? » il nous a demandé – plus rien d'autre ne semblait compter pour lui.

« D'abord », j'ai dit, « tu lui demandes gentiment. Et s'il te dit non, tu le menaces. C'est une technique classique. »

Victor semblait perplexe.

« Ça a l'air risqué… Tu sais la faire, toi, cette technique ? »

J'ai hoché la tête.

« Tu veux bien la faire pour moi ? » il m'a demandé avec un hochement de tête de petit garçon.

« OK. »

Il a souri, des lasagnes plein les yeux.

« Jacopo dira *non* », a déclaré Alice. Ce mec est un connard, je sens les connards. »

« Moi », a contré Colette, « je pense que la technique de la gentillesse suivie de la menace va marcher. Il dira *oui.* »

« Je te parie ce que tu veux qu'il dira *non.* »

« Très bien ! » a proposé Colette d'un air guilleret. « Si Jacopo dit *oui*, tu m'étoufferas avec un oreiller dans mon sommeil. »

« D'accord », a répondu Alice, comme si c'était une formalité.

Et elles se sont serré la main pour sceller leur accord – c'est dans ce genre de moment qu'on pouvait se rappeler que cette citadelle féerique cachait en fait une clinique psychiatrique.

« Sois convaincant », m'a lancé Colette, toute contente. « Si Jacopo dit *oui*, je vais enfin rejoindre mon Lucien… »

« C'est vraiment ce que vous voulez ? Vous êtes sûre ? »

« Oh oui ! Lucien m'a ravie à la nuit en me couronnant d'un halo de lumière… et il n'oubliait jamais d'abaisser la lunette des toilettes. »

Comme je restais immobile, elle a croisé les bras.

« Tu vas m'aider, oui ou merde ? »

« Je ferai de mon mieux », j'ai promis.

Quelques minutes plus tard, nous étions tous les quatre devant la chambre 108.

Colette a tapé doucement à la porte.

Quand Jacopo nous a ouvert, il a plissé les yeux.

« Si vous êtes là pour m'emmerder, c'est pas le moment. »

« Pas du tout », a dit Colette, « nous avons besoin de votre collaboration pour aider ce jeune garçon. »

Elle a indiqué Victor, qui faisait une moue toute triste.

« Ma collaboration ? »

« Alex va vous expliquer. Pouvons-nous entrer un instant ? »

Avec un soupir, Jacopo s'est écarté pour nous laisser passer. Sa chambre ressemblait en effet à la suite d'un palace.

Alice a allumé une cigarette.

« Je peux ? »

« Non », il a répondu.

« Très bien, je vais la jeter par la fenêtre… Oh, j'avais oublié : les fenêtres sont condamnées ! »

« Donnez-moi ça. »

Jacopo lui a pris la cigarette des mains et il est allé la jeter dans ses toilettes.

Alice me regardait avec malice : elle avait réussi à l'énerver, il y avait donc de bonnes chances que Jacopo réponde *non* à ma requête…

« À toi de jouer », elle a chuchoté.

Aussitôt, j'ai complètement oublié ce qui était en jeu – une part de lasagne et, accessoirement, la vie d'une femme ; je voulais juste gagner contre Alice.

Comme Jacopo revenait vers nous en grommelant, Victor et Colette m'ont regardé avec insistance.

« En fait », j'ai commencé, « nous venons de faire une marche en *Pleine Conscience* et… »

Jacopo m'a coupé :

« La marche avec ce type qui s'émerveille de tout ? Je me la suis cognée. Ça m'a encore plus dégoûté de la vie ! »

« On est d'accord ! » a dit Colette.

« Et donc », j'ai continué, « après la séance, nous en avons parlé. Et il se trouve que Victor n'a jamais connu *la Pleine Conscience* : il est soit dans l'angoisse du passé, soit dans l'angoisse de l'avenir, jamais dans la joie du moment présent… »

« Et alors ? » s'est impatienté Jacopo.

« Alors, c'est là que vous pouvez l'aider ! Victor ne peut éprouver la joie du moment présent qu'avec la nourriture, et il aimerait plus que tout goûter aux lasagnes que vous recevez. »

Jacopo nous a regardés en fronçant les sourcils.

« Pour ça, il faudrait que j'appelle mon maître d'hôtel, qui devra appeler mon traiteur, pour lui passer une commande supplémentaire ! En clair : que des emmerdements ! Laissez-moi tranquille et ne revenez plus ici. »

Alice a souri ; Victor et Colette, pas du tout. J'ai décidé de passer à la menace.

« Jacopo », j'ai repris en fronçant les sourcils « Si je vous ai bien compris, ce que vous détestez le plus, c'est les emmerdements... Hé bien, je vous garantis que si ce garçon n'a pas sa part de lasagnes ce soir, je ferai tout ce qui est en mon pouvoir pour vous causer le plus d'emmerdements possible *aussi longtemps que vous vivrez*. »

Silence.

Jacopo m'a longuement scruté. Je crois que, de sa vie, personne ne l'avait jamais menacé de quoi que ce soit. Je ne lui faisais pas peur, mais il ignorait si je bluffais ou pas. Dans le doute – et peut-être parce que la personne face à lui était en clinique psy –, il a fini par dire :

« C'est d'accord... mais c'est la première et la dernière fois. »

Victor a applaudi de bonheur. Le soir même, il mangerait en *Pleine Conscience*.

De son côté, Colette a joint les deux mains pour me remercier tandis que Jacopo nous mettait dehors.

« Bien joué », m'a lancé Alice alors qu'on marchait vers nos chambres.

« Tu vas vraiment le faire ? je lui ai demandé. Pour Colette, je veux dire ? »

« Un pari est un pari », elle a simplement répondu.

Là, elle s'est arrêtée devant la porte située juste en face de la mienne.

« Tiens, on est voisins ! » j'ai dit comme un con.

« Et alors ? Tu veux m'apporter des cookies pour me souhaiter la bienvenue dans le quartier ? »

Je suis resté muet. Elle a enchaîné en articulant pour que je comprenne bien :

« On ne vient pas d'emménager dans un coin sympa : on est chez les dingues… et on en fait partie. »

Sur ce, elle a fermé sa porte.

Quelqu'un a ricané dans mon dos : c'était Victor, qui se tenait assez loin pour qu'on ne le remarque pas mais assez près pour entendre la conversation.

« J't'avais dit que c'était une connasse ! Mais une connasse sacrément gonflée : le coup de la corde à sauter, c'ét… »

Un hurlement a interrompu sa phrase :

« QUELLE QUE SOIT SA LUMIÈRE, LE CRÉPUSCULE FINIT DANS LE NOIR !!! »

Ça venait de l'étage en dessous.

« C'est Sophie, une copine », m'a expliqué Victor. « Elle gueule des trucs comme ça quand elle est bourrée. Je descends : les infirmiers vont lui courir après, c'est toujours marrant à voir. Tu viens ? »

J'ai décliné l'offre.

« QUELLE QUE SOIT SA LUMIÈRE, LE CRÉPUSCULE FINIT DANS LE NOIR !!! »

J'étais bien chez les dingues – et j'en faisais partie.

# 6

L'après-midi, on le passait dans la salle de thérapie de groupe.

« Pour aujourd'hui, j'ai pensé à quelque chose de spécial », a annoncé le Doc sur le ton d'un papa qui a préparé une chouette surprise à ses enfants.

Il a joint les mains.

« Comme Jacopo ne sera pas parmi nous – à cause d'une contrariété qui lui est arrivée dans la matinée, je n'en sais pas plus –, et que vous êtes un nombre pair, j'ai pensé à une thérapie ludique de *changement de rôle*… ainsi vous saurez comment les autres vous perçoivent ! »

On a répondu par une grimace d'incompréhension. Le Doc a reformulé :

« Colette, vous serez Victor, lequel sera vous ; et Alice sera Alex, lequel sera Alice. »

Personne n'avait l'air très enthousiaste – à part le Doc, évidemment.

« Commençons ! » il a lancé en se tournant vers Victor. « Alors *Colette*, qu'avez-vous fait aujourd'hui ? »

Après une courte réflexion, Victor a eu un sourire taquin.

« Oh, j'ai fait comme tous les jours : j'ai pas arrêté de parler de mon Lucien… »

Colette s'est redressée, piquée au vif. Victor avait tapé là où il ne fallait pas.

« Moi aussi », elle a répliqué, j'ai fait comme tous les jours : je n'ai pas arrêté de manger ! Il faut dire que je ne prête aucune attention à mon allure, je ne porte que des survêtements informes. »

Victor a eu l'air méchamment vexé ; il a riposté :

« C'est plutôt normal que tu t'habilles comme ça, *Victor*, on est enfermés dans une clinique… Je me demande pourquoi moi, je suis tirée à quatre épingles tous les jours comme si je devais aller à une soirée de gala ! »

Colette lui a souri avec raideur.

« Peut-être souhaitez-vous seulement être élégante, *Colette*. C'est important, l'élégance. Pauvre de moi, je n'en ai absolument aucune ! »

La lèvre inférieure de Victor s'est mise à trembler, comme s'il allait fondre en larmes. Colette l'a vu et a tout de suite rattrapé le coup :

« … mais je suis un garçon adorable, poli et toujours de bonne humeur : cet endroit serait terriblement triste sans moi ! »

Victor allait mieux.

« Moi, je suis plutôt bien conservée pour une vieille. »

« Ce compliment me va droit au cœur, mon garçon », a dit Colette qui était de nouveau Colette.

Le Doc semblait très satisfait du résultat de l'échange Colette-Victor. Il s'est tourné vers moi.

« Et toi, *Alice* », il m'a demandé, « quoi de neuf aujourd'hui ? »

« Rien de spécial », j'ai répondu.

Et puis j'ai repensé à quelque chose.

« … à part que ce matin, je suis descendue à la cantine avec un haut transparent, sans penser que ça pourrait être perturbant pour les autres ! »

Alice m'a regardé avec mépris.

« Tiens, c'est marrant que tu dises ça, *Alice*. Parce que moi, comme je suis un gros obsédé, j'ai passé tout le petit déjeuner à loucher sur tes seins sans me rendre compte que ça te gênait ! »

Heurté, j'ai pris un air exagérément interrogateur.

« Si ça me gêne autant qu'on regarde mes seins, je me demande bien pourquoi je mets ce haut si transparent… »

Elle a croisé les bras.
« Je ne sais pas, *Alice.* Peut-être que les infirmiers sont entrés dans ta chambre sans frapper pour fouiller tes placards et t'ont dit que tu devais aller immédiatement t'asseoir à la table des *Suicidants* ! Peut-être qu'après ce réveil brutal, tu es descendue en haut de pyjama, sans t'en rendre compte et sans te douter que j'allais, moi, en profiter pour te mater, comme le porc obsédé que je suis ! »
« Ouais, peut-être que c'est l'explication », j'ai rétorqué. « Ou peut-être que j'ai mis ce haut *exprès*, parce que je suis une allumeuse ! »
Elle s'est levée de sa chaise :
« Répète un peu ce que tu viens de dire ?! »
Elle ne parlait plus à ma place ; c'était bien Alice, et elle était furieuse.
Je n'ai pas répété.
« Connard ! » elle m'a balancé avant de quitter la salle.
« Bien ! » a dit le Doc, « excellent ! La séance est finie, mais réfléchissez à la perception que les autres ont de vous. Ces séances de groupe sont avant tout un partage… »
« Pas du tout », l'a poliment contredit Colette. « Nous sommes fêlés… à chacun ses fêlures. Une déchirure ne se partage pas. »
« Ça veut dire quoi ? » a questionné un Victor intrigué.
« À chacun sa merde », lui a traduit une Colette inspirée.
« Excellente soirée ! » nous a dégagés un Doc excédé.

***

Alors que je marchais vers la forteresse, Colette m'a crié de l'attendre.
On a fait le chemin ensemble.

« Mon garçon, tu es trop jeune pour bien comprendre le cœur des femmes. Je ne connais pas l'histoire d'Alice, mais je pense que tu devrais aller lui présenter des excuses : elle n'a pas réagi à ce mot pour rien. »

« Mais elle m'a traité d'obsédé, deux fois ! »

« Certes, mais toi, en entendant ce mot, tu n'as pas bondi de ta chaise en lui lançant un regard à faire frire un œuf ! »

J'ai réfléchi… Elle avait raison.

« Écoute seulement mon conseil : contente-toi de lui présenter des excuses. Ne fais rien d'autre. Elle se sentira mieux. Je ne connais pas les coups que la vie a donnés à cette petite, mais je peux voir qu'elle a des bleus plein les yeux. Et je vois aussi que tu n'es pas un méchant garçon, alors va lui soulager le cœur. »

Quelques minutes plus tard, je tapais à la porte d'Alice.

Elle a ouvert. J'ai pris mon souffle pour dire :

« Je suis venu te présenter mes excuses pour t'avoir traitée d'allumeuse. »

« Excuses acceptées, connard. »

Et elle a claqué sa porte.

Dans mon dos, ça ricanait. J'ai d'abord aperçu Victor, qui trouvait très drôle qu'on soit *une connasse et un connard.*

« Mais sacré connasse et sacré connard : la corde, le flingue, le couteau… »

Puis j'ai vu Colette.

« Ça promet !… À plus tard, les enfants ! Je vais à une réunion d'*Alcooliques*, on va prendre l'apéritif. »

Mais avant de partir, elle nous a demandé de venir tout près – et comme une gamine, Colette nous a chuchoté un secret…

*« Une déchirure, ça se partage ; mais seulement entre fêlés. »*

# 7

À la table du petit déjeuner, Victor et moi, on attendait Alice, curieux de savoir si elle avait étouffé Colette dans son sommeil.

Elle avait à peine posé son plateau sur la table que Victor lui a sauté dessus :

« Alors ? Tu l'as fait ? »

« Fait quoi ? »

« Colette ?! Tu l'as étouffée avec un oreiller dans son sommeil ? »

« Non », elle a répondu en beurrant sa tartine.

« Pourquoi ? »

« Elle m'a dit qu'elle voulait être en vie, aujourd'hui. »

« Pour quoi faire ? »

« Je lui ai pas demandé. »

« Pffff… », a fait Victor.

Alice a levé les yeux vers moi et m'a offert son joli sourire cynique :

« Alors, Monsieur le Taliban, mon haut n'est pas trop transparent ce matin ? Je ne perturbe personne, ça va ? »

« Ça va », j'ai simplement répondu en lui rendant son sourire.

Après avoir mangé les pains au chocolat des *Anorexiques*, Victor a tourné vers nous un visage illuminé : il venait d'avoir une idée.

« Et si on faisait un truc marrant, ce matin, au lieu d'aller à *La Marche en Pleine Conscience* ?… »

« Je préférerais lécher les flammes de l'enfer plutôt que d'aller à cette marche », a déclaré Alice en épluchant une clémentine.

« J'irais pas jusque-là », j'ai dit, « mais j'veux bien faire n'importe quel truc, marrant ou pas, à la place cette marche. »

Victor a eu l'air content. Avec des airs de conspirateur, il nous a appris que si on allait derrière les arbres du parc, côté Sud, on ne tombait pas directement sur la grande muraille qui encerclait la clinique : il y avait un petit bois qui menait à un pavillon. Un pavillon très spécial, puisqu'il abritait des patients…

« … chroniques. C'est-à-dire ceux qui se prennent pour Napoléon, Jésus ou un chat… des *vrais* oufs, quoi ! Et croyez-moi, ils sont à fond dans la peau de leur personnage ! »

« OK », j'ai dit.

« Je préférerais lécher les flammes de l'enfer plutôt que d'aller à cette marche », a répété Alice.

***

Victor ne mentait pas : il y avait bien un bois derrière les arbres du parc.

Nous avons donc traversé ce bois…

Victor a amorcé une conversation en nous demandant si on avait peur de la mort ; ce à quoi Alice a répondu que *La mort est juste un truc que Dieu a inventé pour qu'on croie en lui.*

Fin de la conversation.

D'un coup, le paysage s'est clairsemé pour laisser apparaître un pavillon entouré de son propre parc…

On aurait dit un autre monde : l'herbe n'était pas verte mais sèche et clairsemée, le pavillon tombait en ruines, et les patients avaient l'air abandonnés à eux-mêmes.

Alice a eu même impression que moi.

« On dirait un monde parallèle… »

Victor était satisfait de l'effet de surprise. Il s'est marré :

« On est au Pays des Merveilles, Alice ! »

Et il s'est mis à trottiner comme le Lapin Blanc :

« Vite, je suis en retard, en retard ! »

On s'est dirigés vers le parc du pavillon. Victor m'a lancé, l'œil allumé :

« Si elle, c'est Alice, et moi le Lapin Blanc, toi t'es qui ? »

« Hum… Le chapelier fou », j'ai répondu. « Sauf qu'au lieu d'être coincé à l'heure du thé, je suis coincé à l'heure de l'apéro ! »

C'était la première fois que je faisais sourire Alice – c'était beau comme si j'avais tiré une flèche solaire dans son hiver.

« Et les infirmiers », a demandé Alice au Lapin Blanc, « ils vont pas venir nous emmerder ? »

« Ils viennent ici que le soir, on est tranquilles. La seule personne qui surveille cet endroit, c'est un pauv' médecin alcoolo, je l'ai vu picoler par la fenêtre de son bureau. »

« On est vraiment au Pays des Merveilles », a conclu Alice.

Victor a pointé du doigt deux gars qui marchaient côte à côte. L'un d'eux portait un tricorne.

« Jésus ! Napoléon ! » il leur a crié.

Napoléon a continué son chemin, tandis que Jésus s'est retourné avec un sourire aimant.

« Il pourrait faire un effort coté look », a fait remarquer Alice – car contrairement à l'image orthodoxe qu'on avait de Jésus, ce Jésus avait les cheveux courts et la barbe rasée, et il était habillé en jean-baskets.

« Victor ! » l'a salué Jésus, « comment vas-tu ? »

« Ça va super. Napoléon fait la gueule ? »

« Non, il est seulement très préoccupé. »

Jésus nous a observés, Alice et moi, toujours en souriant, jusqu'à ce que Victor nous présente.

« C'est des *Suicidants* », il a précisé.
« Et si on allait s'asseoir dans l'herbe ? » a proposé Jésus.
Tandis qu'on le suivait, on a entendu :
« Miaou... »
C'était le gars qui se prenait pour un chat...

Assis dans l'herbe – où le Chat se roulait de temps à autre en pourchassant un insecte –, on faisait donc face à Jésus.
Victor a pris la parole :
« Après la mort, y a vraiment la vie éternelle ou c'est des conneries ? »
On aurait eu du mal à dire s'il se foutait de sa gueule ou s'il posait la question sérieusement.
« Il y a vraiment la vie éternelle », a confirmé Jésus.
« Quelle horreur », a lâché Alice.
Silence.
« Je ne crois pas en Dieu », elle a précisé.
Jésus lui a souri.
« Tu peux ne pas croire en Dieu ; Lui croit en toi. »
« Ouais... Moi aussi, j'ai lu ça sur un autocollant. »
Notre messie n'a pas eu l'air choqué, il souriait toujours.
Victor, quant à lui, semblait bien décidé à obtenir des réponses à ses questions.
« Et sinon, pourquoi Dieu me répond jamais quand je lui parle ? »
Avec la fumée de sa cigarette, Alice a soufflé :
« Les croyants parlent à Dieu, mais Dieu ne parle qu'aux schizos. »
Un ange est passé, et s'est aussitôt cassé.
« En fait », elle a ajouté, « j'aimerais bien croire en Dieu : les gens qui y croient, quand il leur arrive une merde, ils pensent que ça fait partie d'un Plan... Moi, quand il m'arrive une merde, je sais qu'y a aucun plan, que c'est juste une merde, et que je dois me débrouiller avec. »
Grand sourire de Jésus.
« Dieu habite dans les cœurs brisés. »

« Mon cœur est en cendres », elle lui a rétorqué.

« Miaou », a glissé le Chat.

Jésus s'est tourné vers moi.

« Et toi », il m'a demandé, « tu crois en mon Père ? »

J'avais pas mal réfléchi à la question.

« À mon avis, si les êtres humains avaient été créés par un dieu aimant, celui-ci ne pourrait jamais permettre qu'ils s'infligent tous les trucs dégueulasses dont ils sont capables. Si Dieu existe, c'est donc qu'il ne nous aime pas… alors je préfère croire qu'il n'existe pas. »

Bien que Jésus n'ait pas du tout paru vexé, Victor a tordu la bouche d'un air gêné.

« Les écoute pas… Moi j'y crois hein, en Dieu. »

« Je sais », lui a répondu Jésus.

« Juste, je comprends pas : déjà que c'est pas vrai que les hommes naissent égaux au départ, mais en plus, ils sont à peine venus au monde que Dieu a déjà ses petits chouchous… »

« Je suis d'accord ! » a tranché Alice en faisant mine de s'indigner. « Quand on voit les claques que certains se prennent, on se dit que la main de Dieu est plus lourde avec certains que d'autres… pourquoi ça, doux Jésus ?! »

« La vérité est de l'eau d'or qui ne peut être versée que dans une coupe d'or. Patience. »

Il s'est levé d'un coup, et il est parti.

Victor boudait.

« Z'avez pas été sympas avec lui… »

Alice, clignant de l'œil, a répondu :

« Au contraire, j'ai été très sympa. Je n'ai pas dit à Jésus ce que je pensais *vraiment* de son papa… »

Elle a rallumé une cigarette avant de déclarer :

« Dieu n'est rien d'autre que le mensonge qui maintient l'humanité en vie. »

« Pffff », a fait Victor. « Tu racontes que des bêtises… »

Ronronnant à côté de nous, le Chat s'était endormi.

Pensif, Victor regardait autour de lui.

« Ben moi j'y crois. C'est juste que je pige pas pourquoi Dieu perd son temps à créer des trucs qui servent à rien, comme les moustiques, au lieu de s'occuper des malheureux... »

Ça m'a fait penser à une phrase que j'avais entendue dans le bar de mon père. Je l'ai murmurée de mémoire :

« Les gens ne pensent qu'à s'entre-bouffer et Dieu s'emmerde à faire pousser des roses et des coquelicots ! »

C'était la première fois que je voyais rire Alice. Le Pays des Merveilles portait bien son nom.

Finalement, c'est notre élégante Colette – qu'on a croisée dans le bois en train de picoler en douce avec une dame tout aussi élégante – qui a répondu à la question de Victor :

« *La tragédie de la vie humaine est en ceci que seule la mort rend les hommes égaux.* »

Avec un accent bourgeois-bourré, la copine de Colette a ajouté :

« Quand on est mort, on est mort. En attendant, on a Jacques Daniel ! »

« C'est qui, Jacques Daniel ? » a demandé Victor.

« *Jack Daniel's* », a corrigé une Colette morose.

Elle n'avait pas l'air d'avoir envie de causer... mais Victor-idée-fixe a poliment continué :

« Vous deux, vous êtes vieilles, et les vieux ça croit en Dieu, exact ? »

« Les vieux sont des morts avec le sang encore chaud », a lugubrement répondu Colette.

« Qui êtes-vous, des espions ? » a demandé l'autre d'un air suspicieux – on apprendrait plus tard que la copine Marianne était une alcoolique-paranoïaque...

Est-ce qu'elle croyait en Dieu ? Négatif.

« Les gens ont inventé Dieu par peur de la mort. »

« Quoi ? » a beuglé Victor en se tournant vers Alice. « T'avais dit que La mort est juste un truc que Dieu a inventé pour qu'on croie en lui ! »

« L'un n'empêche pas l'autre », j'ai dit.

« J'comprends plus rien… », a gémi Victor.

« Demande à Jacques Daniel », l'a envoyé balader Colette.

« Une chose est sûre », a conclu Alice avec un grand sourire moqueur qui s'adressait à moi. « S'il existe, Dieu n'en a rien à foutre de nous. »

Elle n'avait pas tort.

# 8

« Bien ! » a dit le Doc pour ouvrir la séance. « Vous savez ce que nous fêtons aujourd'hui ? »

Il n'a pas attendu de réponse.

« La Saint-Valentin !! »

Aucune réaction.

« Je sais, je sais, ce n'est qu'une fête commerciale ; mais je me suis dit que ce serait une bonne occasion pour parler d'un sujet intéressant. L'amour ! »

Toujours pas de réaction.

« Alors dites-moi : c'est quoi, pour vous, l'amour ? »

« Des emmerdements », a soupiré Jacopo.

« Je m'y attendais un peu », a souri le Doc.

Victor a levé la main en l'agitant comme un premier de la classe qui détient la bonne réponse :

« L'amour, c'est un chat qui joue avec le cœur comme avec une pelote de laine ! »

« Voilà une image très intéressante », a déclaré le Doc à son élève tout fier d'être félicité – qui n'a bien sûr pas précisé que cette phrase venait d'un tableau oublié dans la salle d'art-thérapie.

Colette, sombre comme si un nuage noir pleuvait dans sa tête, a pris la parole :

« L'amour est un chant agonisant sans fin, dont *souffrir* est le refrain. »

Le Doc n'a absolument rien trouvé à répondre à ça.

Comme il y avait un blanc, Colette en a profité pour le noircir :

« L'amour est un oiseau qui brûle ses ailes aux flammes du temps ! »

Le Doc m'a regardé avec un sourire insistant, alors j'ai fini par me lancer :

« L'amour », j'ai dit, « c'est des molécules chimiques sécrétées par notre cerveau, dans le but de nous faire copuler afin de préserver l'espèce humaine. »

« Très scientifique », il a commenté, « mais pas très romantique… Et toi, Alice, tu en dis quoi ? »

« L'amour est un deuil partagé. Le désir de trouver quelqu'un qui connaisse l'étendue de notre tristesse. »

Le Doc a grimacé, de plus en plus désespéré.

Colette en a profité pour reprendre la parole :

« Et le temps, ce salaud, il passe comme un feu doux et au final, il a tout calciné comme un feu de forêt ! »

« Les phrases à Colette », a ricané Victor, on dirait trop celles qu'on trouve sur les profils Tinder ! »

« Donc, Alex », est intervenu le Doc pour faire diversion, « tu penses que l'amour n'est rien d'autre qu'un mélange de molécules… »

« Exactement. Par exemple, mon organisme veut me faire croire que je suis amoureux d'Alice, en faisant battre mon cœur quand je la vois. Seulement, ce n'est rien d'autre qu'une illusion, un enchaînement de réactions chimiques qui veut me pousser à tout faire pour coucher avec elle. Pourquoi toi, Alice ? » j'ai dit en me tournant vers elle. « Probablement parce que j'ai récemment choisi la mort à la vie, et que toi, tu as l'air un peu morte. »

Alice a souri comme si je lui avais fait le plus beau compliment du monde.

« Eh bien », a conclu le Doc, « quelle belle déclaration d'amour en ce jour de Saint Valentin ! »

***

Alors que je me dirigeais vers la forteresse, Alice m'a rattrapé.

« Je voulais juste te dire, j'ai bien aimé ce que t'as dit. »

« De quoi ? »

« Que j'avais l'air un peu morte. »

« J'ai juste dit ce que je pensais. J'ai pas du tout l'intention de te draguer, de te demander de sortir avec moi, ni d'essayer de coucher avec toi. »

« OK, mais t'es amoureux de moi... tu n'y peux rien », elle a répliqué avec un sourire vainqueur.

« C'est de la chimie. »

« D'accord. Et juste pour info : moi, je n'éprouve pas cette *chimie* pour toi. J'aime personne. »

« Tant mieux », j'ai répondu, « je veux pas être aimé. »

« OK, à plus alors. »

« À plus. »

Quelques instants plus tard, Colette est passée devant moi. Elle semblait toujours d'humeur aussi sombre.

« Sois prudent », elle m'a lancé. « Quand on tombe amoureux, on peut aussi bien tomber dans une mer d'or que tomber dans la merde. »

« Je m'en souviendrai. »

Colette a alors déclaré :

« L'amour, ça te révèle jusqu'où tu peux souffrir et faire souffrir. »

« D'accord. »

Elle a battu des cils.

« L'amour, c'est une promesse d'infini qui finit dans les chiottes ! »

« OK. »

Agacée, elle a mis les poings sur les hanches.

« Tu vas me laisser avoir le dernier mot, oui ?! »

J'ai fait *oui* avec la tête. Et Colette a pu avoir son dernier mot :

« Tu crois courir vers l'idéal alors que tu cours à la catastrophe. »

J'ai rien dit.

Alors, Colette a pu avoir le dernier mot de son dernier mot :

« L'amour est une tragédie inéluctable. »

# 9

Après le dîner, pendant lequel Alice était restée silencieuse tandis que Victor parlait sans arrêt de tout et n'importe quoi, je m'apprêtais à regagner ma chambre quand un infirmier mastoc s'est placé entre la porte et moi.

Il m'a fait un grand sourire flippant.

« Les premiers soirs, il est normal d'avoir un peu envie de rester seul dans sa chambre. Mais il est ensuite *fortement conseillé* de passer la soirée au salon avec les autres... Il y a plein de jeux de société. »

Vu qu'il me regardait comme un psychopathe et sans manifester la moindre intention de bouger, j'ai fait demi-tour.

Dans le grand salon au carrelage damier noir et blanc, plusieurs petits groupes s'étaient formés autour des tables en bois verni. Il y avait des boîtes de Scrabble, de Monopoly et d'autres jeux...

Difficile de croire qu'on était dans une clinique psychiatrique.

J'ai cherché Victor du regard ; il était assis à une table avec deux personnes.

« Je peux me joindre à vous ? » j'ai demandé.

« Bien sûr », a répondu Victor. « Elle, c'est Inès », il a dit en m'indiquant une fille-allumette. « Et lui, c'est Fred. Il est sexoolique, il joue avec nous parce qu'il n'est attiré ni par les gros ni par les maigres... Ça tombe bien, Alex, t'es plutôt maigrichon ! »

Je me suis assis.

« Alex est un *Suicidant* », a précisé Victor aux autres en battant des cartes. « On joue au jeu de sept familles », il a ajouté à mon attention.

Une minute plus tard, Alice – qui avait elle aussi été refoulée à la sortie – se tenait devant notre table.

« Cool », a dit Victor, « tu joues avec nous ? »

« Je suis venue à cette table parce que je connais personne d'autre, et que j'ai pas envie de faire connaissance. »

Elle s'est assise, les bras croisés.

« Je vais juste rester le temps que l'infirmier-maton me laisse monter dans ma chambre. Je joue pas. »

D'un seul coup, Fred s'est levé de sa chaise ; il avait le visage rouge piment, et les mains crispées sur l'entre-jambe.

« Excusez-moi, je dois aller à l'infirmerie, c'est que... Les femmes autoritaires, ça m'excite beaucoup, j'ai une érection incontrôlable... Toutes mes excuses !! »

Et il est parti en flèche.

Nous étions bien dans une clinique psychiatrique.

« Dans *la famille Crocodile*, je demande la fille », a annoncé Victor.

Inès a tendu son bras-allumette pour donner la carte de *la fille Crocodile* à Victor.

« Chouette », il a fait, « j'ai une famille complète ! »

Je regardais mon jeu ; j'en étais loin.

Quant à Alice, elle avait l'air d'avoir envie de se jeter dans une mare aux crocodiles.

Une jeune femme, des rubans de toutes les couleurs plein les cheveux, est passée devant nous en titubant.

« Pssstt, Sophie ! » l'a interpellée Victor. « Fais gaffe, ça se voit un peu que t'as picolé... »

Elle nous a vaguement regardés, les yeux mi-clos, et elle a déclaré :

« L'alcool permet de maintenir le dégoût de soi à un niveau supportable… »

Puis, d'un coup, elle s'est tournée vers la salle et elle a hurlé :

« L'ALCOOL PERMET DE MAINTENIR LE DÉGOÛT DE SOI À UN NIVEAU SUPPORTABLE ! »

Quatre infirmiers, sortis d'on ne sait où, l'ont aussitôt saisie par les quatre membres et évacuée direct. En quelques secondes, le calme était revenu.

« Ils l'emmènent où ? » j'ai demandé à Victor.

« En chambre d'isolement », il a répondu en examinant ses cartes.

« C'est comment ? »

« Ben, c'est comme une chambre d'isolement pour dingos : murs en mousse, camisole et tout… On joue ou quoi ? Dans *la famille Canard*, je demande la mère. »

« Ma parole », a commenté Alice, « on est dans un vrai château de conte de fées… à la différence qu'ici la princesse est alcoolique, elle n'est pas emprisonnée dans un donjon mais en chambre d'isolement, et le prince charmant ne peut pas aller la sauver vu qu'il est coincé à l'infirmerie pour érection incontrôlable… »

« Dans *la famille Canard* », a répété Victor, agacé, « je demande la mère ! »

Personne n'avait *la mère Canard.*

« Vous faites chier », a ronchonné Victor. « Et toi », il a ajouté à l'attention d'Alice, « tu racontes encore que des bêtises : Fred, c'est pas le petit copain de Sophie, elle est lesbienne ! »

Alice a levé un sourcil.

« Oups ! Merci pour cette précision. Je rectifie : *Il était une fois une princesse lesbienne alcoolique dans sa camisole…* »

J'ai souri.

« Qu'est-ce que vous pensez de cette fin : *Elle vécut malheureuse, se suicida et, du coup, ben elle n'eut pas beaucoup d'enfants.* »

Alice a apprécié, Victor n'a pas pu s'empêcher de pouffer. Inès trouvait l'humour des *Suicidants* surprenant.

Colette s'est approchée de notre table. Elle s'est assise, abattue, les yeux éteints.

« Le soir de la Saint-Valentin », elle nous a dit, « Lucien rentrait toujours avec une bouteille de champagne, du Dom Pérignon… Rien ne me ferait plus plaisir que d'en boire une coupe ce soir. Hélas, les *Alcooliques* n'ont que des alcools forts ! Je leur ai demandé si l'un d'eux voulait bien faire le mur pour aller m'en acheter une bouteille à l'épicerie, mais ils se sont tous dégonflés : le parc est infesté d'infirmiers ce soir, il paraît que le soir de la Saint-Valentin est *une soirée à risques…* »

« Quels risques ? » a demandé Victor.

« Évasions, accouplements, suicides… Le pire, c'est que je m'étais organisée ! J'ai demandé à une amie de m'apporter une petite bouteille la semaine dernière, mais un infirmier l'a trouvée et confisquée… "On vous la garde au réfrigérateur", il m'a promis, "vous l'aurez le jour de votre sortie". Mais moi, c'est *ce soir* que j'en ai besoin !! »

Ce qu'elle ressentait, je le comprenais. Et mieux que personne.

« Il est où, ce réfrigérateur ? » j'ai demandé.

« Dans la salle de repos des infirmiers… mais la porte est fermée à clef, et en plus, le soir, il y a toujours deux infirmiers de garde dans l'infirmerie juste à côté. »

J'ai baissé la voix :

« Je vais vous la chercher, votre bouteille de champagne. »

Les yeux de Colette se sont rallumés.

« Oh, mais… comment ? »

« Il me faut seulement une pince à épiler pour ouvrir la porte, et une diversion pour occuper les deux infirmiers… »

« Les pinces à épiler sont confisquées », a répondu Colette.

La fille-allumette a pris la parole.

« Il y a une anorexique de mon groupe qui s'automutile, elle a une pince à épiler. »

Victor a posé sa grosse patte sur mon épaule.

« Fais gaffe, Alex. Si on t'attrape », m'a-t-il dit, « c'est la chambre d'isolement direct ! »

« Et pour la diversion ? » a demandé Colette.

« J'ai une petite idée ! »

Et je lui ai expliqué ce qu'elle devait faire.

Alice m'observait, l'air perplexe. Elle devait se demander pourquoi je risquais la chambre d'isolement pour Colette…

Quelques instants plus tard, après avoir glissé dans ma poche la pince à épiler de l'*Anorexique* automutilatrice, je me tenais devant l'infirmier mastoc.

« Tu es sûr que tu ne veux pas jouer encore un peu avec les autres avant d'aller dans ta chambre ? » il m'a demandé avec son sourire flippant.

« Si si ! Je vais juste monter à l'infirmerie prendre un Doliprane, j'ai mal à la tête. Faut dire que j'ai perdu l'habitude d'être en société. »

Il m'a laissé passer tout en marmonnant :

« Alors j'attends ton retour… »

Au deuxième étage, les deux infirmiers de garde s'employaient à calmer Colette, qui réclamait son Lucien en pleurant à gros sanglots ; je me suis faufilé dans la pièce d'à côté après avoir tripoté la serrure avec la pince à épiler, et j'ai caché la bouteille de champagne dans ma veste. Et pour bien connaître le son des sanglots, je me suis dit que Colette ne jouait pas vraiment un rôle de composition.

J'ai refermé la porte de la salle de repos ; puis je suis allé à l'infirmerie pour demander un Doliprane, signal qui devait informer Colette que tout était OK.

L'infirmier mastoc m'a adressé un sourire satisfait en me voyant revenir. Je me suis dirigé vers la table où étaient assis Victor et Inès et une Alice dubitative.

« Tu as réussi ?! » a chuchoté Victor.

« Si on allait prendre une tisane sur la terrasse ? »

***

Il faisait sombre. On s'est assis autour d'une des tables en fer forgé de la terrasse. De là, on pouvait voir plusieurs blouses blanches qui veillaient à ce que rien de louche ne se passe dans le parc.

Colette est apparue, le visage rincé de larmes.

J'ai sorti la bouteille de sous ma veste. À la façon dont elle l'a regardée, on aurait dit que je lui offrais un lingot d'or.

« Et pour le bruit du bouchon ? » s'est inquiété Victor.

« Pas besoin de la faire péter », j'ai dit, « il faut juste l'ouvrir tout doucement. »

Ce que j'ai fait.

« Colette, je peux avoir votre tasse ? »

Et Colette a savouré son champagne. Les yeux pétillants, le teint rosé. Lucien était un peu avec elle.

Un sourire est venu rajeunir son visage.

« Tout à l'heure, j'étais d'humeur maussade, c'est pour ça que j'ai dit toutes ces choses à propos de l'amour… »

Elle s'est interrompue pour boire une gorgée de Dom Pérignon dans sa tasse à tisane, avant de continuer :

« J'aurais dû vous dire que l'amour, c'est la meilleure façon de se connaître : on ne sait pas qui on est tant qu'on n'est pas lié à une autre personne… »

Les souvenirs éclairaient ses yeux comme des chandelles.

« À ton aube », a murmuré Colette tandis qu'elle trinquait avec Lucien. « C'est à ton aube que s'est achevée ma nuit. »

Elle m'a regardé.

« Merci pour cette belle Saint-Valentin, Alex. »

« Tout le plaisir est pour moi. »

« Moi, j'ai le romantisme d'une cuvette de chiotte », a rigolé Victor, « mais j'avoue t'as fait fort ! »

Alice ne se demandait plus pourquoi j'avais fait ça. Elle fumait juste sa clope en me regardant avec un brin d'estime.

Et je me suis surpris à penser qu'en effet, c'était une belle Saint-Valentin.

« L'amour, c'est le remède qui apaise les chienneries de la vie », a conclu une Colette éméchée.

# 10

Tandis que nous nous dirigions vers l'un des pavillons de la forteresse, j'observais Colette et Alice, devenues très complices depuis que l'une devait tuer l'autre – mais pas aujourd'hui, parce qu'aujourd'hui, le groupe des *Suicidants* allait participer à l'Atelier d'Improvisation Théâtrale.

« J'ai toujours aimé jouer la comédie ! » avait déclaré Colette.

On a vu arriver Victor, hilare.

« Z'avez raté le spectacle ! Sophie a débarqué complètement bourrée à la fin du petit déj, elle sautait de table en table en gueulant en boucle : *La nuit connaît le jour, l'aurore en est la preuve !* Les infirmiers lui couraient après sans réussir à l'attraper, c'était trop tordant… Ensuite, le directeur lui-même est venu pour essayer de la calmer, Sophie l'a regardé du haut d'une table et lui a crié : *La nuit connaît le jour, l'aurore en est la preuve ! L'aurore en est la preuve !* Jusqu'à ce que les infirmiers finissent par la choper… »

Colette ne semblait pas trouver ça drôle.

« C'est une jeune femme brillante. Malheureusement, le feu qui l'illumine est celui qui la consume… Une inflammable ; j'en ai connu dans ma vie : ils finissent tous brûlés au tord-boyaux. »

« Whaaa », a fait Victor, impressionné. « Faudrait que j'apprenne à faire des phrases avec des mots que personne connaît, ça donne l'air intelligent… »

Il a pris un air grave avant de déclarer :
« *Une infumable… j'en ai connu ! Ils finissent tous tordus au brûle-boyaux !…* »
« Tu as beaucoup de talent », l'a complimenté Colette, faisant éclater sur son visage un sourire inédit.
« J'trouve pas que ça te donne l'air plus intelligent », l'a fracassé Alice.
Victor a fait une grimace d'enfant puni.
« J't'ai rien fait ! Pourquoi t'es méchante comme ça ? »
Au moment où Alice allait répondre, Colette l'a prise de court :
« Parce qu'elle est malheureuse. »
Et, avec des accents de tragédienne, Colette a déclamé :
« La méchanceté est la vengeance du malheur. »
Alice a simplement hoché la tête.
« Hein ? » a fait Victor en me regardant.
J'allais tenter une explication, mais Colette était lancée comme un bolide :
« Parfois, le malheur des uns se venge en étant méchant avec les autres… »
Silence. Elle a continué :
« Beaucoup de méchants ne sont en fait que de grands malheureux. »
Victor réfléchissait.
« Comme Lex Luthor dans *Superman* ? »
« Non. Ce salopard de Luthor, c'est un vrai méchant. »
La porte du pavillon s'est ouverte ; un jeune barbu grassouillet nous a accueillis avec une expression de bonheur dramatique.
« Bienvenue ! Entrez ! Nous allons passer un moment formidable ! »
Il a examiné une feuille de papier.
« Votre groupe contient cinq personnes selon ma liste, pourquoi vous n'êtes que quatre ? »
Colette lui a souri.

« Jacopo m'a chargé de vous transmettre que ça l'emmerdait. »

« Ce n'est pas grave ! » s'est ré-enjoué le prof après une brève moue de déception, « nous allons quand même passer un moment formidable ! Prenez des chaises, mettons-nous en cercle, je dois apprendre à vous connaître un peu pour créer les thèmes des impros ! »

On s'est assis, et chacun a dit son prénom.

« OK », a dit le prof, « commençons par vous, Colette. Dites-moi ce que vous n'aimez pas... »

« Le fromage de chèvre », elle a répondu du tac au tac.

Le prof s'est mis à rire.

« Vous ne m'avez pas laissé finir ma phrase : ce que vous n'aimez pas *faire aux autres*, ou ce que vous n'aimez pas *que les autres vous fassent* ? »

« Je n'aime pas blesser les gens. »

« Parfait ! Y a-t-il parmi nous quelqu'un qui se sente particulièrement susceptible à la moquerie ?... »

« Ben, moi j'aime pas qu'on me dise que je suis gros », a marmonné Victor.

Le prof a fermé les yeux en les serrant comme pour mieux réfléchir, puis il les a rouverts d'un coup :

« Voilà la première impro : Colette, vous êtes la grand-mère de Victor, et il n'y a rien que vous détestiez plus que les gens en surpoids ! »

Colette et Victor ont échangé un regard dubitatif.

Le prof s'est levé.

« Plaçons les chaises les unes à côté des autres. »

Il a ensuite ramassé des petits cubes qu'il a placés face aux chaises tout le long de la pièce, pour tracer une délimitation.

« Sur les chaises », il a expliqué, « vont s'asseoir les spectateurs, qui ne doivent intervenir en aucun cas. Derrière les cubes, les spectateurs n'existent pas. Et vous deux, une fois que vous aurez franchi la barrière des cubes », il a ajouté pour Colette et Victor, « vous serez un petit-fils en surpoids qui vient rendre visite à sa grand-mère qui déteste les gros. »

Ils ont franchi les cubes. Et se sont placés face à face au milieu de la pièce.

Victor s'est lancé :

« Bonjour, Mamie. »

« Qu'est-ce ce que tu fais ici ? » elle lui a demandé sur un ton froid.

« Je suis venu te rendre visite. »

« Tu as réussi à te trimballer, avec toute cette graisse ?! »

Victor a eu l'air choqué.

« Mais… Mais c'est pas ma faute si je suis gros… »

« Bien sûr que si ! » a répliqué Colette d'un ton sans appel. C'est bien toi qui t'empiffres à longueur de journée, non ? »

« C'est… C'est tout ce que j'ai ! » a couiné Victor.

« Qu'est-ce que tu racontes ? »

« La bouffe. La bouffe, je l'ai. Papa et Maman sont jamais là alors que la bouffe, elle, elle est toujours là… »

Et d'un coup, il s'est mis à pleurer.

« Oui, c'est ça ! » s'est excité le prof en applaudissant.

Colette a pris Victor dans ses bras.

« Oh mon petit, je ne voulais pas te blesser… »

« Colette », a rouspété le prof, « tant que vous n'avez pas franchi la barrière des cubes, vous êtes toujours la méchante grand-mère ! »

« Vous, fermez-la ! » elle lui a lancé en continuant à consoler Victor, qui avait l'air de bien aimer ça.

« Je peux fumer ? » a demandé Alice dont la clope était déjà allumée.

« Euh… Non, pas ici », a répondu le prof un peu décontenancé.

« D'accord », a dit Alice en éteignant sa cigarette sur la semelle de sa chaussure, après avoir pris soin d'aspirer une grande bouffée.

« OK OK », a fait le prof en tapant dans ses mains comme pour retrouver son autorité. « Passons à la deuxième improvisation. »

Colette et Victor sont revenus s'asseoir.

« OK », a repris le prof. « Et toi Alice, qu'est-ce que tu n'aimes pas faire aux autres, ou qu'est-ce que tu n'aimes pas qu'on te fasse ? »

« J'aime pas qu'on me force à faire un truc que j'ai pas envie de faire. »

« Très intéressant ! Et toi, Alex ? »

« J'aime pas aimer les gens, parce qu'ils finissent par mourir. »

« C'est, euh… un peu plus complexe, on va rester sur l'idée d'Alice. Attendez… »

Il a fermé les yeux pour réfléchir, et les a rouverts comme s'il avait trouvé l'idée du siècle :

« Toi, Alice, tu ne veux pas aller boire un verre. Et toi Alex, tu veux la forcer à y aller !! »

On a franchi la barrière des cubes, et on s'est placés face à face au milieu de la pièce.

« J'ai envie d'aller boire un verre », j'ai dit.

« Pas moi », elle m'a répondu avec un méchant regard.

« Allez… », j'ai insisté, « juste un verre. OK ? »

« Pourquoi tu tiens tellement à aller prendre un verre ? » elle m'a dit. « Pour que ça se termine comme la dernière fois ? »

« La… La dernière fois ? » j'ai demandé.

Elle m'a jeté un regard comme un couteau.

« Tu es en train de me dire », elle a articulé, « que tu ne te souviens pas de ce qui s'est passé la dernière fois ? »

Elle avait l'air furieuse. Soit c'était une très bonne actrice, soit c'était pas à moi qu'elle parlait. Ses yeux se sont comme percés de deux lames tranchantes pour crever les miens ; je les ai baissés.

« Désolé », j'ai dit, « mais je vois pas de quoi tu parles. »

C'est là qu'elle m'a giflé. Et c'était pas une gifle de cinéma.

J'ai entendu des applaudissements : le prof s'était levé de sa chaise.

« Quel formidable moment nous avons passé ensemble !! » il a dit pour conclure la séance.

***

Pendant le déjeuner, ni Alice ni moi n'avons prononcé un mot ; mais comme Colette s'était exceptionnellement jointe à nous, en invitant au passage sa copine Marianne – l'élégante alcoolique paranoïaque –, le silence a bientôt déguerpi de la table des *Suicidants*.

Le sujet de la conversation ? Le soleil. Sauf que ça ne causait pas vraiment crème solaire…

« Le soleil est louche », a déclaré Marianne, « c'est quand même bizarre qu'il ne se laisse pas regarder en face… Derrière toute sa lumière, le soleil cache quelque chose ! »

« Peut-être que c'est juste un grand timide ? » a proposé Colette.

Victor, tout content d'avoir des invitées, et qui plus est bavardes, a donné son avis :

« P't-être qu'il se trouve trop gros, qu'il aime pas qu'on le regarde… Un complexé, quoi. »

Marianne n'était pas convaincue :

« Les timides et les complexés, personne ne leur cède… or, le soleil fait tout céder : même l'ombre fini par céder au soleil ! »

« Tu n'as pas tort », a repris Colette en réendossant son rôle de tragédienne. « Les premiers rayons du soleil sont les bougies des funérailles de la nuit. »

Victor, perdu dans le noir de cette conversation cinglée, s'efforçait de suivre en posant des questions – auxquelles Marianne répondait dans sa langue, une langue étrangère à tous ceux qui n'étaient pas dans sa tête.

J'ai quitté la table pour aller prendre mon café sur la terrasse. Dans le ciel, le soleil brillait en se foutant que sur Terre une bande d'illuminés jactent sur lui.

Alice est sortie fumer. Elle s'est assise sur la chaise à côté de la mienne sans me regarder.

« Je t'ai giflé très fort », elle a fait remarquer sans s'excuser.

Silence. J'ai tenté :

« Et qu'est-ce que… j'ai fait pour mériter ça ? »

Elle a tiré sur sa cigarette plusieurs fois, puis elle a parlé :

« T'étais un mec dans mon lycée, genre populaire. T'arrêtais pas d'insister pour qu'on aille boire un verre. Tu disais que j'étais différente des autres et que tu aimais mon côté noir… Un soir j'ai fini par dire oui. Tu voulais qu'on passe d'abord chez toi, tu m'as servi un verre et je me suis sentie bizarre. Une minute après, je ne pouvais plus bouger et tu étais sur moi. »

J'ai pas su quoi dire.

« Et évidemment, après, tu as mis une photo de moi à poil sur Facebook en te vantant d'avoir *niqué la vampire du Lycée*… »

Je savais toujours pas quoi dire.

« C'est bon, docteur ? On peut arrêter le jeu de rôle thérapeutique ? »

« On arrête », j'ai dit sans cacher mon soulagement.

Elle s'est tournée vers moi, et elle m'a lancé avec un sourire taquin :

« Toi, j'imagine que tu n'as pas de Facebook, au cas où tu commences à aimer un de tes amis virtuels et qu'il meure… »

« C'est exactement ça », j'ai répondu en essayant de lui sourire.

Mais mon cœur n'y était pas ; mon cœur brûlait de glacer le sien, pour qu'il ne ressente plus rien.

« Au fait », elle a dit en allumant une nouvelle clope. « Marianne a eu la révélation divine : *Le soleil passe son temps à cramer, mais qui donc entretient ce feu ?... Peut-être que c'est ÇA que cache le soleil derrière sa lumière qu'on ne peut pas fixer du regard : un pyromane ! Le plus grand des pyromanes : Dieu !! Au lieu de se cacher dans le noir, Dieu se cache dans la lumière !* »

Elle a réussi à me faire sourire pour de vrai. Et c'est là qu'Alice m'a dit un truc gentil pour la première fois – suivi d'un truc pas gentil, mais ça comptait pas.

« Je te préfère quand tu souris », elle a dit. « T'es moche quand tu cogites. »

# 11

« Bien ! » a annoncé le Doc pour ouvrir la séance, « j'ai pensé à quelque chose de ludique ! »

Et il nous a expliqué qu'après avoir étudié de près la tentative de suicide de chacun d'entre nous, il avait évalué notre « degré de désir d'en finir avec la vie », grâce au test de *l'Échelle d'Intentionnalité Suicidaire de Beck*.

« Vous savez, le suicide est souvent une affaire de solitude… C'est important pour un *Suicidant* de se sentir moins seul. »

Il a sorti plusieurs copies d'un dossier.

« L'Intentionnalité faible se situe de 0 à 3 points. L'Intentionnalité moyenne de 4 à 10. Et l'Intentionnalité forte de 11 à 25 points, 25 étant le score maximum… Voici vos scores : Victor : 14. Jacopo : 20. Colette : 23. Alex : 21. Alice : 25. »

Elle avait l'air assez fier, Alice, d'être la première de la classe des *Suicidants*.

Victor faisait la gueule.

« Pourquoi j'ai la plus mauvaise note ? »

« Ce n'est pas une note », a essayé d'expliquer le Doc, « ce sont des critères qui témoignent de la force de votre intentionnalité, comme par exemple le fait de laisser ou non un mot d'adieu… »

« Mais je savais pas, moi ! T'en as laissé un, Madame Je-Sais-Tout ? »

Oui, Alice en avait laissé un.

*Adieu,*
*Je m'éteins aux rayons d'ombre du soleil noir de mon hiver.*

« Bravo », l'a félicitée Colette. « La référence nervalienne est très bien trouvée… »

« Vous parlerez littérature plus tard », l'a stoppée le Doc.

Puis il nous a regardés avec intensité, un à un.

« Ce que ce test montre, c'est que, bien que très différents les uns des autres, vous êtes tous les cinq semblables sur un point : vous avez tous une *Intentionnalité Forte*, c'est-à-dire que vous avez manifesté *un réel désir d'en finir avec la vie…* À présent, essayez de vous dire *pourquoi*. Confiez-vous les uns aux autres… »

Victor s'est lancé :

« Au lycée, il y avait tous ces élèves qui m'appelaient *Vico la patate…* »

« Pourquoi tu ne les as pas simplement ignorés ? »

« Doc, vous étiez au lycée dans les années cinquante ou quelque chose comme ça. À l'époque, y avait pas les smartphones, Facebook, Twitter… Quelqu'un a fait un montage Photoshop de ma tête avec une grosse patate à la place de mon corps… Elle a circulé partout, TOUT le lycée l'a vue. Et quand on me croisait, on disait : « *Hey regarde, c'est Vico la patate !* » Une fois, c'est même arrivé alors que j'étais au supermarché. Ensuite, j'ai commencé à recevoir des messages qui disaient : « *Débarrasse la Terre de tes kilos* », « *Suicide-toi le gros* »… Alors un soir, j'ai voulu le faire… »

Le Doc s'est gratté la barbe.

« De plus en plus d'adolescents me parlent du harcèlement sur Facebook… »

« C'est quoi, fesse bouc ? » a demandé Jacopo.

Victor a répondu :

« Un truc qui sert à faire chier les autres et à mettre des photos de ses pieds nus pour montrer qu'on est en vacances. »

Tranchante, Alice a ajouté :

« Tous ces pieds mériteraient un bon un coup de machette. »

« C'est un réseau social ! » a articulé le Doc. « Un réseau où vous pouvez communiquer avec vos amis sur Internet… »

« Internet ! » l'a coupé Jacopo comme s'il venait d'entendre un mot dégueulasse. « J'ai pas ça, ni de téléphone, ni de carte bancaire, ni d'amis… c'est rien d'autre que des emmerdements ! »

Le Doc a enchaîné :

« Pour une fois que vous prenez la parole, Jacopo, vous voulez bien nous parler de vos raisons ? »

« La vie m'emmerde. »

« Mais encore ?… »

« La vie m'emmerde depuis toujours. J'ai essayé tous les traitements, rien n'a marché. »

Le Doc a pris un air compréhensif.

« Il existe des dépressions tenaces, mais la médecine fait des progrès, il ne faut pas perdre espoir ! »

« Ne me parlez pas d'espoir », lui a grogné Jacopo – qui s'était visiblement nourri d'espoir jusqu'à l'indigestion.

Colette est intervenue :

« Certaines personnes passent leur existence à aller et venir dans la nuit. C'est incurable. »

Le Doc l'a regardée comme pour lui dire d'avoir l'obligeance de la fermer.

« Merci, Colette. Mais nous allons laisser finir ceux qui ont la parole… »

« Pour ces personnes-là », elle a enchaîné, « la vie est un poison dont le seul antidote est la mort. »

Le Doc ne pouvait pas la laisser avoir le dernier mot – surtout pas celui-là –, alors il a haussé le ton :

« La *dépression résistante* est la priorité de chercheurs brillants : il faut se fier à eux. »

Colette a dégainé-chargé-tiré :

« Quand on sait qu'un feu étincelant de nuit devient un tas de cendres au petit jour, on ne se fie plus à ce qui est *brillant*. »

Bang. Bang. Personne ne volerait son dernier mot à Colette.

« Revenons à vous, Jacopo », a dit le Doc, reconnaissant sa défaite. « Nous vous écoutons. »

« Fort heureusement », a continué Jacopo, « je n'ai jamais eu l'emmerdement de travailler. Mon père a fait fortune dans l'aéronautique en Italie et j'étais son seul héritier. Tous les ans, dans ma propriété en Normandie, j'essaie de me jeter d'une falaise. Mais je n'y arrive pas, alors je viens ici, puis je repars en Normandie et je réessaie de me jeter du haut de la falaise… »

Colette a soufflé.

« Puisque tu es aussi riche, pourquoi tu ne paies pas quelqu'un pour te pousser de cette fichue falaise ?! »

Le Doc lui a souri poliment.

« Pour cette séance, Colette, nous ne parlerons que des *raisons* de vos actes ; nous chercherons des solutions la prochaine fois… Vous voulez rebondir ? »

Elle s'est redressée.

« La vie est un train à destination de la mort. J'ai voulu prendre l'avion pour arriver plus vite au ciel… Un jet privé ! »

« Colette », l'a interrompue le Doc, « nous apprécions vos aphorismes et vos métaphores, mais pourriez-vous vous en tenir à ce sujet ? »

Après un long soupir, elle a repris :

« Mon Lucien et moi, on avait tout vécu : le pire, le meilleur, la pauvreté, la richesse, la santé, la maladie… Nous étions arrivés tout au bout de la vie ; on s'était connus jeunes et beaux, la flamme aux yeux… et puis le temps est passé par nous… »

Silence.

« Le temps salope tout. »

Si Colette jouait à la tragédienne, elle tenait drôlement bien son rôle.

« On ne voulait pas se voir décrépir », elle a poursuivi. « Et on ne voulait surtout pas se faire tuer par la vie, la vie est la pire des meurtrières : elle peut mettre des années à vous assassiner avec une cruauté indigne de son nom ! Voilà », a souri Colette, « on voulait simplement partir avec dignité. »

Le Doc a hoché la tête, puis il m'a regardé. J'ai résumé d'une traite :

« La mort de ma mère m'a fait beaucoup souffrir, du coup j'ai décidé ne plus jamais aimer personne, mais comme l'amour est contrôlé par des molécules et comme l'être humain est conçu pour aimer, souffrir et mourir, j'ai voulu arrêter cette mascarade moléculaire qu'est la vie. »

« J'ai pas tout bien compris », s'est plaint Victor.

« Il n'y a rien à comprendre », l'a tranquillisé Colette. « À trop faire chauffer sa matière grise, elle finit par donner des idées noires. »

Le Doc s'est massé la barbe en me regardant avec compassion.

« Le travail de deuil est long, mais il faut être patient : le temps guérit les blessures… »

« Pas tout à fait », l'a poliment corrigé Colette. « Le temps ne guérit que les griffures ; pour les *vraies* blessures, le temps ne peut rien, il ne fait que passer. »

« Pssst ! », m'a fait Victor. « Toi aussi, t'as laissé un mot ? »

J'ai hoché la tête ; Victor était outré.

« Mais comment tu savais qu'il fallait en laisser un ?!! »

« Ma mère en a écrit un avant de se pendre. »

« C'est de la triche ! » a crié Victor.

À bout de mots, le Doc a toussoté pour reprendre la main :

« Alice, est-ce que tu veux bien nous parler de la, ou des raisons pour lesquelles… »

Elle l'a interrompu :

« Pour la même raison que la première fois où j'ai essayé de me tuer, quand j'étais petite. Parce qu'à l'intérieur de moi, c'était l'hiver. Tous les jours, un sale hiver gris, froid et pluvieux. Plus tard, on m'a expliqué que ça s'appelait la dépression, mais je trouve que ça ressemble plus à un hiver qu'à une dépression… Et puis il y a une autre raison ; les gens. Les gens sont des chiens, la pire race de chien qui existe. »

Colette est intervenue :

« Ma fille, crois-en l'expérience d'une vieille dame, tous les gens ne sont pas des chiens, même si je reconnais qu'il y en a beaucoup. Si tu veux mon avis, c'est la vie qui est une chienne… une chienne qu'on ne peut pas tenir en laisse. »

Elle s'est tournée vers moi :

« Les larmes qu'on verse sur la mort de sa mère sont celles qu'elle ne peut pas sécher ; c'est l'irrémédiable qui pleure l'irremplaçable. On ne se console jamais de la mort de sa mère. »

« Bien ! » a crié le Doc, « c'était une excellente séance ! Nous sommes vendredi, il n'y en aura pas pendant le week-end… Vous devriez organiser quelque chose entre vous, un cinéma, un musée ? »

« J'ai pas d'autorisation de sortie », a répliqué Alice. « Je croyais qu'on l'obtenait après une semaine d'hospitalisation, ici ? »

« En effet, en effet ! »

« Ben, j'en ai pas non plus », j'ai ajouté.

Le Doc s'est levé.

« Alors organisez quelque chose ici… Des jeux dans le parc, par exemple ! »

Personne ne lui a répondu.

« Bon week-end ! » il nous a lancé en partant, visiblement pressé de nous quitter.

On n'a pas bougé. Chacun était sonné par ce qu'il avait dit ou entendu.

« Ça ne vous dérange pas », a dit Alice avant de tirer sur la cigarette qu'elle venait d'allumer.

Une longue traînée de fumée a glissé entre ses lèvres, tandis qu'elle murmurait :

« Je vois pas vraiment ce qu'on pourrait organiser ensemble. À part un suicide collectif. »

Elle avait dit ça sur son habituel ton cynique, mais en une fraction de seconde, cette idée s'est matérialisée en chacun d'entre nous. On s'est regardés comme si c'était une évidence…

« J'en suis ! » a déclaré Victor.

Jacopo a pris la parole :

« On pourrait aller chez moi, en Normandie. Je n'ai jamais réussi à sauter seul de la falaise, mais si on est plusieurs… »

« On n'a pas d'autorisation de sortie », j'ai fait remarquer.

« Pour sortir discrètement d'ici », a murmuré Colette, « il y a *le muret des Alcooliques…* »

Elle nous a alors expliqué qu'à un certain endroit du parc, la muraille qui encerclait la forteresse était plus basse : les *Alcooliques* l'escaladaient facilement pour sortir acheter de l'alcool.

Et le plan a été élaboré en quelques minutes.

Un peu plus tard, comme si de rien n'était, nous prenions le thé dans le grand salon – en attendant notre évasion.

La bouche pleine de meringue au citron, Victor râlait à propos de sa *mauvaise note,* qu'il n'avait toujours pas digérée.

« Si y avait pas eu le mot de ta mère, toi non plus t'aurais jamais su qu'il fallait en laisser un ! »

J'ai acquiescé.

Et, le temps d'un frisson, j'ai tremblé en revoyant ces mots blancs peints sur fond bleu.

*Peut-être que le ciel réalise les rêves que la terre assassine.*

# 12

Jacopo a appelé son chauffeur pour qu'il vienne le chercher en début de soirée. Victor, qui avait une autorisation de sortie pour les week-ends, l'accompagnerait, de même que Colette. Alice et moi, on les attendrait derrière le muret des alcooliques, qu'on escaladerait une fois qu'on entendrait la voiture de l'autre côté.

Assis derrière le *Muret des Alcooliques*, on attendait donc en silence.

Alice fumait ; moi, je me battais contre mon cœur, pour qu'il se tienne tranquille – de me retrouver comme ça seul avec elle, la nuit, dans un endroit isolé, ça m'agitait drôlement le cœur et j'aimais pas.

« Ce que t'es bête », a soufflé Alice dans un nuage de fumée.

« Pourquoi tu dis ça ? »

« T'es en train d'angoisser alors qu'y a pas la moindre raison... Réfléchis un peu : tu ne veux pas te laisser aller à tomber amoureux de moi parce que t'as peur que je meure avant toi, pas vrai ? »

« Euh... oui. »

« Ça ne peut pas arriver, puisque je vais mourir *en même temps* que... toi. »

Ça m'a fait comme un double éclair dans la tête. Elle avait raison : je pouvais me laisser aller sans crainte ! J'avais été tellement obsédé par l'idée d'étouffer mon amour pour elle que je n'avais pas pensé à ça, alors que c'était évident : je ne courais aucun risque de souffrir après sa mort, puisque je serais mort aussi !

Je me suis mis à rire de soulagement.

« Ça va mieux, on dirait », a souri Alice.

J'ai tenté ma chance :

« Et si on se mettait ensemble ? Je veux dire, jusqu'à ce qu'on saute de la falaise ? Je sais que tu penses que les gens sont tous des chiens, mais je promets de ne te faire aucun mal jusqu'à notre mort, c'est-à-dire tout à l'heure. »

« T'es plutôt doué en déclarations d'amour. »

« Ça veut dire oui ? »

Elle n'a pas répondu. Au lieu de cela, sa main s'est enroulée autour de ma nuque, elle a approché mon visage du sien, et nos lèvres se sont nouées.

Mon cœur a flambé.

C'est dans ces moments-là que le sublime surgit du sordide.

# DEUXIÈME PARTIE

## Sur la route

*« Tu as beau tout imaginer, tout rêver,*
*la vie surpassera toujours tes histoires. »*
Béatrice & Tony, voleurs envolés

# 13

Après avoir entendu la voiture se garer de l'autre côté du mur, Alice et moi, on a escaladé *le Muret des Alcooliques*.

On s'est engouffrés derrière une portière ouverte, et on s'est retrouvés confortablement installés à l'arrière d'une voiture spacieuse, aux côtés de Victor et Colette. Jacopo était assis sur le siège avant, tandis qu'un grand type chauve en costard cravate conduisait le véhicule.

« C'est une Rolls Royce ! » nous a appris Victor.

« Bonsoir Mademoiselle, Monsieur », a sobrement dit le chauffeur. « Oscar, à votre service. Nous arriverons à destination dans environ trois heures. »

« C'est la classe, hein ? » nous a chuchoté Victor, tout excité.

Quand j'ai croisé le regard de Colette, elle m'a adressé un sourire radieux.

« Toutes mes félicitations, mon grand. »

« Euh… Pourquoi ? »

« Parce qu'ayant quelques décennies de plus que toi, je sais lire dans les yeux le reflet du cœur, et le tien est en train de battre d'amour… »

Je n'ai pas pu retenir un sourire crétin.

« L'amour », a répliqué Colette à elle-même, « cette force solaire capable de faire fleurir des lueurs au-dessus du chaos ! »

Puis elle s'est tournée vers Alice.

« C'est un très bon choix. Il n'est pas costaud, mais il est futé. »

« J'avais pas vraiment l'embarras du choix », a dit Alice.

« Vous parlez de quoi ? » a demandé Victor, « je comprends rien. »

Colette s'est empressée de lui répondre :

« Notre luxueux convoi mortuaire est le berceau d'un amour naissant ! »

Alice a sorti une cigarette.

« Étant donné la durée prévisionnelle de la relation, on peut aussi le voir comme le tombeau d'un amour mourant. »

« Hein ?! » a fait Victor.

« On sort ensemble », j'ai résumé.

« Aaah, OK ! Suffisait de le dire avec des phrases normales au lieu de vos photophores ! »

« Métaphores », a corrigé Alice en allumant son briquet.

Jacopo s'est retourné.

« Pas de cigarette dans ma voiture », il a déclaré à notre fumeuse, qui lui a soufflé sa bouffée au visage avant de jeter la clope par la vitre.

Le silence a eu à peine le temps de se faire entendre que Victor a pris la parole pour se demander si tout ça, c'était pas déjà écrit :

« Z'y croyez, au destin ? » il nous a interrogés.

Colette a aussitôt répliqué :

« *Le destin* n'est qu'un calmant qu'on gobe pour donner du sens à l'insensé. »

Victor a levé les yeux au ciel :

« 'Pouvez pas répondre juste OUI ou NON à une question ? »

« Non », a souri Colette.

Une sonnerie familière a soudain retenti ; on a tous sursauté, parce que c'était celle d'un smartphone et que nos portables nous avaient été confisqués à l'entrée de la clinique – le protocole.

C'était celui d'Oscar.

« Parfait », il a répondu à son interlocuteur, « je transmets à Monsieur. »

Et il a raccroché.

« Monsieur », il a dit à Jacopo, « c'était votre sommelier. Il s'est occupé de la bouteille de *Château D'yquem* millésime 1984 que vous m'aviez demandée. »

« Bien », lui a répondu Jacopo.

Notre hôte avait en effet eu l'idée, pour notre dernier repas, de commander un véritable festin.

« Dites, Oscar », a demandé Victor d'une voix toute polie, « je peux vous emprunter votre téléphone ? »

« Parfaitement, Monsieur », lui a répondu Oscar en le lui tendant.

« À ta place », a dit Alice, « je ne ferais pas ça. »

« Faire quoi ? » j'ai demandé.

« Consulter sa page Facebook. »

Quelques secondes plus tard, rivé à l'écran, Victor devenait de plus en plus blême.

« Je t'avais dit de pas le faire », a râlé Alice en lui arrachant le portable des mains.

Il y avait une dizaine de messages sur son mur :

*Vico même pas cap' de se suicider tellement il est gros !!*
*Même une tonne de médocs ne suffirait pas à l'achever !!*
*Hey la Patate, la prochaine fois mets ta tête dans le four !!*

Et ça continuait…

« Cette saleté est légale ? » s'est insurgée Colette.

« Au royaume des ordures, le porc est roi », a simplement expliqué Alice.

Et puis, elle a eu un sourire malicieux. Elle a demandé à notre chauffeur de s'arrêter un instant.

« Bien, Mademoiselle », lui a répondu Oscar.

Jacopo s'est tourné vers elle.

« Toi, tu ne vas pas commencer à nous emmerder… Je te rappelle qu'on a *quelque chose* de prévu. »

« J'en ai pour une minute. »

Elle a relevé le menton de Victor, décomposé, et elle lui a dit :

« Suis-moi : on va leur fermer leurs gueules. »

Je suis descendu de la voiture à mon tour, et j'ai contemplé le spectacle : Alice prenait des selfies… disons, *explicites* d'elle-même en train de câliner un Victor subitement recomposé.

On est remontés en voiture, Oscar a démarré.

En quelques secondes, les photos étaient en ligne avec un commentaire d'Alice :

« *Merci, ma patate chaude pour cette nuit inoubliable… Tu es le coup du siècle !!!* »

« Qu'est-ce que vous fabriquez ? » a grogné Jacopo.

« À ce que j'ai compris », a souri Colette, « on offre de la gelée royale aux cochons d'une porcherie virtuelle. »

Bientôt, le déferlement de commentaires a commencé – mais c'était plus la même histoire…

*Waow, Vico comment t'as fait pour choper cette bombe ?*
*Chapeau mon gros !*
*Vico t'es mon héros !!*

Aussi heureux que s'il avait été plongé dans une piscine de chocolat, Victor s'est tourné vers Colette :

« J'veux répondre un truc intelligent… C'était quoi, vot' phrase avec l'amour et les chiens ?! »

Colette a réfléchi. Puis, espiègle, elle a répondu :

« La phrase avec *le remède qui apaise* est trop cucul-la-praline. Écris-leur plutôt ça… »

Elle a marqué une pause avant de déclarer :

« L'amour, c'est le cadeau de la vie pour excuser ses chienneries. »

Pendant un bon moment, on a lu les commentaires en se marrant. Colette s'est endormie, Oscar conduisait, et Jacopo nous ignorait.

L'espace d'un instant, nous n'étions plus trois *Suicidants* ; simplement des adolescents.

# 14

Jacopo a paru content quand Victor a annoncé :

« Merde, y a plus de réseau ! »

Et moins content quand, un peu plus tard, la voiture a toussoté… avant de s'arrêter net.

« Qu'est-ce qui se passe ? » il a demandé à son chauffeur.

« Je vais voir, Monsieur. »

Oscar est sorti de la voiture, il a ouvert le capot, et on a vu un nuage de fumée le recouvrir complètement.

« Eh bien ? » a crié Jacopo par sa vitre baissée.

Oscar a émergé du nuage de fumée :

« Monsieur, je crois qu'il s'agit du liquide de refroidissement. J'ai pourtant fait réviser la voiture il y a à peine… »

« Alors quoi ? » l'a interrompu Jacopo.

« Alors nous allons devoir trouver une station-service. »

« Quel emmerdement ! Appelez une dépanneuse tout de suite ! »

« C'est que, Monsieur, il n'y a pas de réseau… »

Voilà comment on s'est retrouvés, Victor, Jacopo, Colette, Oscar, Alice et moi, à marcher sur une petite route sombre sous un ciel noir troué d'étoiles.

De fait, Oscar avait jugé dangereux de laisser l'un ou plusieurs d'entre nous seuls dans la voiture immobilisée au milieu de cette route de campagne isolée de tout. Pourquoi n'avions-nous pas pris l'autoroute ? Parce que Jacopo, parano, avait eu peur que l'on se fasse remarquer. Après tout, il y avait deux fugitifs évadés d'une clinique psychiatrique dans sa voiture, et il était hors de question pour lui que notre *projet* soit compromis.

Jacopo et Oscar ouvraient la marche, suivis par Alice et Victor – devenus très complices depuis qu'ils étaient virtuellement *en couple*.

Comme je marchais près de Colette, j'ai engagé la conversation :

« Colette, je voudrais votre avis… Si une personne vous dit que son cœur est en cendres… »

Elle m'a coupé :

« C'est faux : on ne peut pas allumer un feu là où tout a brûlé. Or, du feu, j'en ai vu dans les yeux de *la personne* dont tu parles. »

J'ai repensé au regard d'Alice, quand je l'avais traitée d'*allumeuse*…

« Son cœur est seulement brisé », a affirmé Colette. « À toi de le réparer. »

« Comment ? » j'ai demandé.

Elle a baissé la voix.

« Je vais te confier un secret : en Asie, il y a une méthode qui consiste à réparer la porcelaine brisée en recollant les morceaux avec de la poudre d'or… Pour les cœurs brisés, c'est pareil. À toi de trouver cette poudre. »

« Où ça ? » j'ai demandé.

Colette s'est arrêtée, je l'ai imitée, et elle m'a dit :

« C'est bien avec de la poudre à canon que tu as tenté de te plomber le cœur, n'est-ce pas ? À toi de transformer cette poussière de plomb en cendres d'or ! »

« Quoi ? Mais comment ça ? »

« Ah, mais je n'en sais rien : je suis pas alchimiste ! » a lancé Colette en éclatant de rire.

Elle venait de se payer ma tête.

« J'ai pas pigé la blague », a râlé Victor en se tournant vers nous – visiblement, il avait encore trouvé la bonne distance pour épier sans en avoir l'air.

Alice, quant à elle, semblait vouloir se joindre à la fête :
« Mais où se trouve la poudre d'or qui répare les cœurs ? » elle m'a lancé avec un grand sourire béat. « Et qui saura changer la poussière de plomb en cendres d'or ? »
Je me sentais absolument stupide. Poing sur la hanche, elle m'a balancé :
« Tu t'es cru dans un conte philosophique ? »
« Arrêtez ce cirque », nous a sommés Jacopo, l'emmerdeur-emmerdé. « Plus vite on arrivera, plus vite on en finira avec cette vie qui n'en finit pas ! »
Alors on s'est remis à marcher.
« Il n'a pas tort », a souligné Colette. « La vie, c'est long à crever. »

***

Au bout d'une bonne heure, nous avons enfin aperçu, au loin, quelque chose qui ressemblait à une station-service.
Adossé à une pompe à essence éclairée par un néon crasseux, une sorte d'Apollon affublé d'un grand sourire idiot regardait arriver notre drôle d'équipe. De superbes traces de graisse noire ornaient les muscles qui gonflaient les manches courtes de sa chemise bleue. Son regard a foncé sur Alice.
Jacopo nous a fait signe, à Victor, Alice et moi :
« Vous trois, pas un mot. »
D'un geste expert, le garagiste s'est lancé un cure-dent dans la bouche et a remis en place sa mèche gominée. Il a tendu la main vers Alice, ignorant tranquillement le reste de notre troupe.
« Paulo le garagiste, à vot' service ! Quèsse j'peux faire pour vous, mamzelle ? »
Jacopo a répondu :
« On est tombés en panne à une heure de marche d'ici. Il nous faut du liquide de refroidissement. »

Sans doute pour impressionner la galerie, Paulo le garagiste est resté un long moment à faire jouer le cure-dent avec sa langue.

« J'en ai plus », il a fini par dire, « mais je m'en ferai livrer demain matin. »

« Nous ne *pouvons pas* attendre demain matin », a répliqué sèchement Jacopo. « Où se trouve la prochaine station-service ? »

« À vingt kilomèt' d'ici, M'sieur. »

Jacopo restait calme, mais on sentait qu'il perdait patience.

« En ce cas, pourrais-je utiliser votre téléphone pour les appeler ? »

« Le téléphone marche pas par ici », a dit Paulo le garagiste. « Z'êtes tombés en panne au mauvais endroit. Mais heureusement, j'ai une solution pour vous ! » il a ajouté avec un clin d'œil.

« Quelle solution ? » a articulé Jacopo.

« Ma tante Mona tient une auberge à trois cents mèt' d'ici. Allez-y de ma part, elle vous f'ra une réduction pour la nuit. Et demain matin, j'aurai vot' liquide de refroidissement. »

Silence.

On n'osait rien dire. Jacopo avait l'air à la fois en colère et résigné, comme si le sort s'acharnait entre sa falaise et lui.

Colette s'est approchée pour lui parler doucement :

« Ce n'est qu'un petit contretemps, rien d'autre. Nous passerons la nuit à l'auberge, et demain nous serons arrivés à destination pour *le projet.* »

***

À l'entrée de l'auberge, affalée sur un vieux rocking-chair grinçant, se trouvait Mona l'aubergiste – une fausse blonde en surpoids dont la coiffure cherchait à imiter celle de Marilyn Monroe.

Jacopo, qui était maintenant plus calme – sans doute grâce à l'anxiolytique que lui avait donné Colette – s'est adressé à elle :

« Bonsoir Madame, nous venons de la part de votre neveu, le garagiste. »

Sans répondre, elle s'est soulevée pour aller prendre place derrière le comptoir de la réception.

Une tête de mort mise sous verre était accrochée au mur…

« C'est Gérard », a dit l'aubergiste en nous le présentant d'un coup de menton. « Mon mari. »

Jacopo a hoché la tête. Et puis, se souvenant qu'il était accompagné de deux fugitifs, il s'est empressé de répondre à une question que personne ne lui avait posée :

« Je suis le père de famille ! Voici mes trois enfants, ma mère, et mon… frère », il a fini par dire en indiquant Oscar.

Mona l'aubergiste nous a soupesés du regard ; même avec tous les accidents génétiques possibles, il était très peu probable que nous formions une famille… mais elle avait l'air de s'en foutre.

« Je vous mets trois chambres doubles ? »

« Très bien ! » a dit Jacopo avant de se justifier de nouveau : « Les garçons vont dormir ensemble, ma mère ira avec ma fille, et moi avec mon frère ! »

Mona l'aubergiste semblait n'en avoir vraiment, mais alors vraiment, rien à foutre.

« Les chambres sont payables d'avance », elle a grogné, « trente billets par chambre. Le dîner s'ra servi dans une heure, menu unique, quinze billets par tête. Et il faut ajouter cinq billets pour le spectacle. »

Alors qu'on se dirigeait vers nos chambres, Jacopo s'est mis à fulminer.

« Tout ça n'est qu'une arnaque ! Je parie que ce garagiste ment pour envoyer des clients passer la nuit dans l'auberge de sa tante ! »

Victor faisait la grimace.

« Comment j'vais réussir à dormir avec cette tête de mort juste à côté ?... »

Pour le rassurer, j'ai tenté :

« Tu sais, il y a aussi une tête de mort dans ta tête de vivant. »

Raté. Victor m'a reproché de vouloir lui faire peur, avant de me traiter *de connard flippant.*

« Une tête de mort dans la tête de chaque vivant... Je n'y avais jamais pensé », m'a souri une Alice intriguée, « j'aime beaucoup cette idée. »

Colette, quant à elle, essayait de calmer Jacopo :

« Prenez encore un petit anxiolytique, je crois que vous nous faites une crise paranoïaque. »

Victor a ouvert la porte de notre chambre tandis qu'Alice ouvrait celle d'à côté.

« Tiens, on est voisins ! » elle a dit en imitant ma mimique de la dernière fois.

Elle se foutait de ma gueule, et ça me faisait sourire.

« Pourquoi tu souris comme un teubé ? » m'a demandé Victor quand il a vu ma tête.

« Parce qu'un chat joue avec mon cœur comme avec une pelote de laine », je lui ai répondu.

« Hé ! C'est moi qu'ai piqué cette phrase en premier ! » il s'est indigné.

« Elle est à toi : je t'ai juste rendu hommage », j'ai répondu – mais il pensait déjà à autre chose.

Notre chambre contenait seulement deux lits et une commode. Victor regardait ça en boudant.

« Y a ni télé ni wifi… Qu'est-ce qu'on va bien pouvoir faire pendant une heure en attendant le dîner ? »

Moi, je n'avais qu'une envie : rejoindre Alice de l'autre côté du mur.

« À ce qu'on dit », j'ai improvisé, « plus on est nombreux, plus le temps passe vite ! »

Les pupilles de Victor se sont allumées.

« On s'ra plus nombreux avec la connasse et sa copine ! »

# 15

C’est Alice qui nous a ouvert la porte, une cigarette fumante entre les doigts. Elle en a aspiré une longue bouffée qu’elle a soufflée au visage de Victor.

« Quelle surprise ! Voilà le connard et son copain ! »

Visiblement, notre aubergiste n’avait pas investi dans l’insonorisation des murs.

« Et que nous vaut cet honneur ? »

« On s’ennuie », s’est lamenté Victor. « Et vous, vous faites quoi ? »

« Grand-mère allait me raconter comment elle a rencontré son Lucien. »

On a entendu la voix de Colette :

« De mon temps, il n’y avait rien d’autre pour passer le temps à part se raconter des histoires ! »

Ce programme n’avait pas vraiment l’air d’enthousiasmer Victor, mais étant donné que c’était la seule distraction qui lui était proposée avant le dîner, il a demandé sur un ton poli :

« On peut venir ? »

« Bien sûr ! » a dit la voix de Colette.

Dans leur chambre équipée du même mobilier que la nôtre, on a collé les deux lits, on s’est assis tous les quatre en tailleur, et Colette a raconté.

***

Paris, 1943.

Dans la chambre d'un grand hôtel parisien, une jeune fille peignait ses cheveux blonds crémeux en attendant son amant, l'officier Walter Küchler.

« Oui, les enfants », a précisé Colette, « j'étais la putain d'un officier SS. »

Colette, qui allait devenir *Coco*, avait grandi dans un milieu ouvrier du nord de la France, et traversé la forêt de clichés qui y poussait à l'époque : pauvreté, alcoolisme, violence familiale…

« Lorsque mon père rentrait soûl et qu'il me battait avec sa ceinture, je souffrais sans un cri. Je souffrais sans un cri parce que j'étais, dans ma tête, en train de me peigner les cheveux dans la chambre d'un grand hôtel parisien – j'ignorais alors que la rançon à payer pour ce rêve serait de devenir la putain d'un Nazi… mais comparé à la souffrance des coups de mon père, ce prix m'avait paru assez bas, au final. »

Sous ces coups se forgeait son cœur.

« Et on a beau en avoir un tendre, les raclées, à force, ça le fait cuire… »

Cependant, Colette ne regrettait pas son enfance.

« Une enfance heureuse : en voilà, un fardeau ! À la longue c'est invivable, de survivre à ça : le bonheur de l'enfant mort d'avoir vieilli… Quand on est vieux, les beaux souvenirs d'enfance sont les pires. »

À l'âge de seize ans, Colette avait fugué avec ses deux meilleures amies, direction Paris. Elle avait travaillé comme bonne à tout faire, entre autres dans une blanchisserie, une tapisserie, une boulangerie ; et c'est dans cette dernière qu'elle se fit remarquer par une dame que tout le monde appelait *La Comtesse*. Laquelle Comtesse était en fait une maquerelle de luxe, dont le « métier » était de fournir des jeunes filles françaises rafraîchissantes aux officiers allemands assoiffés.

« Je vivais comme dans un conte de fées », a repris Colette avec un sourire, « à ceci près que mon prince charmant torturait les personnes soupçonnées d'appartenir à la Résistance… »

Mais tout cela ne l'intéressait pas : la France Occupée était le dernier des soucis de Coco, dont le premier souci était de pouvoir peigner, chaque jour, ses cheveux blonds crémeux dans la chambre d'un grand hôtel parisien.

« Je croyais que la vie faisait souffrir chaque personne jusqu'à un certain point, et puis qu'elle offrait ensuite une récompense pour les souffrances subies. Évidemment, je me trompais : la vie peut très bien vous faire souffrir indéfiniment. »

Un jour, l'officier Walter Küchler, qui avait été chargé de démanteler un réseau de résistants appelé *Azur*, demanda un service à sa maîtresse…

« L'armée allemande avait intercepté une jeune résistante qui devait rejoindre le réseau Azur. Tout ce que j'avais à faire, c'était de remplacer cette jeune fille afin de donner à Walter des informations sur les projets du chef présumé du réseau Azur. Un dénommé… Lucien. »

Colette s'est tue un instant, pour laisser à ses auditeurs le temps de savourer ce rebondissement.

« Comme dans un roman sans imagination, nous sommes tombés amoureux l'un de l'autre au premier regard. »

Et c'est ainsi que la jeune Française devenue espionne pour le compte des Allemands s'est transformée, par amour, en contre-espionne pour le compte de la Résistance française. Sa mission ? Donner une fausse information à Walter concernant l'attaque d'un convoi d'armes allemand par des résistants français ; diversion permettant à Lucien et ses hommes d'attaquer un autre convoi, bien plus important.

L'opération du réseau Azur fut un succès. Hélas, l'officier Walter Küchler comprit immédiatement qu'il avait été trahi par sa maîtresse.

S'ensuivit une séance de torture aussi longue que gratuite – gratuite car Colette, qui pensait que son corps avait reçu son quota de souffrance sous la ceinture de son père, avoua tout à Walter avant même qu'il ne la touche ; longue car elle dura deux jours et deux nuits, un record pour l'officier Küchler.

« On dit que les hommes cruels sont *inhumains*, on les compare aux animaux, mais aucun animal ne peut avoir de l'imagination dans la cruauté. La pire cruauté est humaine. »

Colette regardait dans le vide.

« Je me souviens de tout, mais ce sont des souvenirs muets. Par la suite, j'ai essayé d'en parler, de chercher, de trouver les mots… aucun mot n'a voulu s'y coller. Et puis j'ai fini par comprendre : les petites misères aiment bavarder, les malheurs finissent par se raconter, les grands chagrins par se confier. Mais certaines douleurs se taisent à jamais. »

Ensuite, pour compléter sa séance de torture physique par une torture psychologique, l'amant trompé rendit Colette, bien amochée en dehors et très abîmée en dedans, à son Lucien.

« Quand je vous disais », a murmuré Colette, « que la vie est une chienne qu'on ne peut pas tenir en laisse… »

Victor, Alice et moi, on écoutait en silence.

« En revanche, j'ai découvert alors que tous les gens ne sont pas des chiens : Walter était un chien, et un féroce, mais Lucien n'en était pas un. »

Avec patience et délicatesse, Lucien avait soigné les nombreuses plaies de Colette.

« Il y a d'abord eu les larmes qui finissent par se tarir, celles qui coulent sur les joues ; puis les larmes invisibles, les intarissables, celles qui coulent des yeux vers le cœur. »

Goutte à goutte, il avait vidé son cœur noirci par ces larmes de sorte qu'enfin, paraisse la lumière.

*À ton aube s'est achevée ma nuit.*

« Je me suis découverte moins conne et superficielle, plus humaine et profonde... Peut-être que les cœurs de conne sont comme les noix de coco : il faut les briser pour révéler ce qu'il y a de bon en eux ! »

Après la Libération de Paris, Colette et Lucien se marièrent pour le meilleur et pour le pire ; ils connurent la pauvreté puis la richesse ; ils s'aimèrent dans la santé comme dans la maladie ; jusqu'à ce que – et alors qu'ils avaient voulu en finir ensemble – la mort les sépare.

« Voilà ! » a conclu Colette avec un franc sourire. « On va dîner ? »

Alors qu'on marchait dans le couloir, Victor m'a lancé :

« Extra, l'histoire ! C'était aussi cool qu'un épisode de *Games of Thrones* ! Dites, Colette : le truc avec les cœurs de conne et les noix de coco, ça marche aussi avec les cœurs de con ? »

La réponse de Colette a été définitive :

« Un cœur de con reste un cœur de con. »

J'ai discrètement demandé à Alice :

« Tu y crois, à cette histoire ? À ton avis, elle est vraie ? »

« Oui, j'y crois, elle m'a répondu. On s'en fout de savoir si elle est vraie ou pas. »

Colette a entendu la réponse d'Alice, elle a deviné ma question, et s'est retournée aussi sec. Plus rapide que son ombre, elle a tiré :

« La fiction est l'hommage que le mensonge rend à la vérité. »

# 16

Au restaurant de l'auberge, qui comptait quelques tables vides face à une scène vide, nous attendions le dîner. Sous la table, la main d'Alice tenait la mienne ; et quand ses doigts s'entremêlaient aux miens, ça faisait comme des glaçons chauds en train de dégringoler dans mon dos.

Le sujet de conversation ? Les chiens. Sauf que ça ne causait pas vraiment éducation canine…

Victor se demandait :

« Comment je peux savoir si je suis un *chien* ou pas ? »

« Tu n'en es pas un », a assuré Colette.

« C'est sûr et certain ? »

Notre experte en était sûre.

« Les chiens sont détectables à leur immense vanité. Toi, tu n'es pas un vaniteux. »

« C'est quoi, un vaniteux ? »

D'avance, Colette savourait son bon mot. Elle a énoncé :

« Un vaniteux, c'est un trou du cul qui se rêve nombril du soleil. »

Victor m'a regardé en fronçant des sourcils interrogateurs. Alors que j'allais répondre, Alice m'a devancé :

« T'es pas un chien », elle a confirmé. « Si t'en étais un, tu ferais tout pour me bouffer. Je suis la bouffe préférée des chiens. »

Jacopo, que cette conversation semblait emmerder, regardait ailleurs ; quant à Oscar, il affichait la même expression que lorsqu'il conduisait, c'est-à-dire aucune.

Colette s'est adressée à Alice :

« Ne dis pas ça… Il arrive parfois qu'on soit vulnérable et qu'un chien en profite, voilà tout… »

Elle a poursuivi en me désignant :

« Regarde celui-là, il ne fait pas tout pour te bouffer : il te savoure des yeux. »

J'étais gêné.

« Et en plus, il rougit ! a souri Colette. Tu vois bien, les chiens ne rougissent pas. »

À mon grand soulagement, notre aubergiste Mona est venue interrompre cette conversation.

Avec une lenteur pachydermique, elle a posé devant nous les assiettes et les couverts.

« Madame », a poliment demandé Victor, « c'est quoi le menu ? »

« Salade fraîche, steak-frites et mousse au chocolat. »

Victor a roulé des yeux pétillants de gourmandise.

« J'peux avoir une double ration de frites ? »

« La ration supplémentaire, c'est quatre billets. »

Il s'est tourné vers Jacopo.

« Tu veux bien, Papa ? »

« Pourquoi pas », a grincé Jacopo entre ses dents.

« Et ça », a dit Mona en nous tendant une feuille de papier, « c'est le menu des poèmes. »

« Le menu des poèmes ? » a répété Jacopo.

Mona a pris un air de grande dame vexée.

« C'est pas parce que nous autres on est de la campagne qu'on aime pas les poèmes ! C'est mon fils qui les écrit et ça fait partie du spectacle… Alors choisissez un poème ! »

On a regardé la liste. Il y avait des poèmes dédiés au vin, à la bière, à sa mère… Le doigt d'Alice s'est arrêté sur le poème dédié à la mort.

« C'est approprié, non ? »

Quelques minutes après nous avoir servi une salade défraîchie, Mona elle-même est apparue sur scène, pour nous interpréter une version a capella de *La vie en rose*…

Tout en prenant des poses lascives, elle s'égosillait :

*Des nuits d'amour à plus finir*
*Un grand bonheur qui prend sa place*
*Les ennuis, les chagrins s'effacent*
*Heureux, heureux à en mourir…*

Jacopo s'est pris la tête entre les mains.

« Pourquoi, pourquoi, pourquoi la vie ne fait-elle que m'emmerder ? »

« Cette chanson me rappelle Lucien », a souri Colette. « Il plaisantait en me chantant *Je vois la mort en rose…* »

Victor, Alice et moi, on trouvait le spectacle plutôt marrant – le kir bien dosé que nous avait servi Mona y était peut-être pour quelque chose…

Pendant l'entracte, un couple de retraités souriants au look de hippies s'est installé à une table voisine de la nôtre. Tout naturellement, ils ont engagé la conversation avec nous : ils s'étaient retrouvés dans ce « charmant endroit pittoresque » à la faveur d'une mésaventure : leur caravane était tombée en panne de batterie non loin d'ici, et un garagiste sympa – qui n'en recevrait une neuve que le lendemain matin – leur avait gentiment proposé de passer la nuit à l'auberge de sa tante.

La théorie de l'escroquerie familiale ne faisait plus aucun doute dans l'esprit de Jacopo.

Après avoir longuement observé nos voisins, Victor m'a pressé le bras plusieurs fois. Il avait eu une révélation.

« Comme je vais mourir demain, j'serai jamais vieux ! »

« Quelle chance tu as », a soupiré Colette.

« C'est comment, d'être vieux ? » il lui a demandé.

« La jeunesse, c'est être acteur de la construction de sa vie ; la vieillesse, c'est être spectateur de sa destruction. »

« Comme quand on fait un château de sable et qu'une vague le bousille ? »

« Exactement. »

« Pas cool… »

« Pas cool du tout », lui a souri Colette.

« Z'êtes plutôt souriante pour une personne qu'est en train de regarder son château se faire bousiller… »

« C'est que, vois-tu, mon malheur a fini de se venger… »

« Ah non ! », il s'est exaspéré d'avance. « Vous allez encore me sortir un a-faux-rythme !! »

« Aphorisme », a corrigé Alice.

Mais l'auberge aurait pu s'écrouler comme du sable, cela n'aurait pas empêché Colette de nous servir son bon mot :

« Le sourire est la courtoisie du malheur. »

« J'en étais sûr ! » s'est lamenté Victor en me regardant. « Maintenant je connais sa tête d'avant l'a-faux-rythme ! Tu traduis, Alex ? »

« En gros, ça veut dire que son malheur ne se venge plus en étant méchant avec les autres… aujourd'hui, il sourit par politesse. »

Victor gambergeait.

« Donc en fait, le sourire des vieux, c'est juste leur malheur qu'est poli… »

Le retraité hippie est intervenu :

« Pas forcément. Brigitte et moi, par exemple, on sourit parce qu'on est défoncés ! »

Silence.

« Vous en voulez ? » il a proposé en nous tendant un joint. « C'est de l'herbe qu'on fait pousser dans notre jardin. »

« Cent pour cent bio ! » a fièrement précisé la retraitée hippie.

« Merci », a dit Alice en prenant le joint.

Elle a tiré plusieurs longues bouffées dessus, avant de me le passer. J'ai fumé, et je l'ai passé à Colette, qui a hésité.

« Du haschich ? Je n'en ai jamais fumé. »

« C'est l'occasion ou jamais ! » lui a dit Alice.

« Ma foi… Tu as raison ! »

Puis ç'a été au tour de Victor, qui s'est acharné dessus. Jacopo et Oscar n'en voulaient pas.

Après nous avoir servi un steak-frites tiédasse, Mona est remontée sur scène.

« Et maintenant, un poème de Carl Desenski. »

Un jeune homme s'est présenté devant nous. Il paraissait mort de trac, mais sa timidité s'est envolée dès l'annonce du titre de son poème :

L'Arbre
*– À la mort –*

Ô mort ! Viens voir le délicieux spectacle
De ton enfant qu'on maltraite et qu'on torture,
Qui reste muet face au monstrueux oracle
Dont la divinité ne donne pas l'ouverture.

Viens mère, viens maîtresse, viens mon ange…
N'aie pas peur de moi, c'est eux qui sont étranges.
Serre-moi dans tes bras, savourons notre inceste
Je t'en prie, reste, je n'ai rien d'un Oreste ;

J'aime te prendre tel que tu aimes me laisser
Honore ton enfant si avide de ton amour
Car mon esprit saigne et mon âme est blessée
Je les sens sourds, et l'air est affreusement lourd !

Emmène-moi vivre dans ton charmant royaume
Fais de moi l'écorce d'un arbre métallique
Un violent venin, ou pire : de l'arsenic !
Je te serai plus fidèle que tous les syndromes…

Ô mort ! Ô mère je pétrifierai les ventricules
Je glacerai toutes les brûlantes canicules !
Tu seras fière de moi – je serai diabolique ;
Fais de moi la racine de *l'Arbre Fantastique* !

Et je sais pas si c'était à cause du kir, du joint, de l'amour ou des trois, mais je me suis levé pour applaudir.

« C'est pas mal », a dit Alice sans effusions.

« J'ai rien compris », a lâché Victor.

« Ce jeune homme va mal finir », a prédit Colette.

« Je n'ai jamais rien entendu d'aussi emmerdant », a commenté Jacopo.

Il s'est levé.

« Je vais dormir, histoire d'en finir avec cette journée. »

« J'peux prendre vot' dessert ? » lui a demandé Victor.

Jacopo lui a répondu par un *oui* las de la tête, et il nous a quittés. Oscar l'a suivi d'un pas mécanique.

D'un coup, un grand sourire plus fort que moi a étiré les deux coins de ma bouche.

« Comment t'es défoncé ! » m'a vanné Alice, dont le blanc des yeux avait tourné au rouge raisin.

Alors qu'il finissait sa deuxième mousse au chocolat, Victor – qui semblait, lui, digérer sans le moindre effet la verdure biologique – a marmonné :

« J'aimerais bien être comme ce poète, écrire des trucs qui donnent l'air intelligent… »

Auréolée d'un éclat éclos du chanvre, Colette est intervenue :

« Dieu te préserve d'être comme ce poète ! »

« Pourquoi ? » il a demandé en lorgnant le dessert qu'Alice n'avait pas fini.

« Des comme lui, j'en ai connu. C'est un rêveur, et pas un doux : un pur et dur. Trop pur et pas assez dur. Le genre de rêveur qui remorque sa bagnole à une étoile. Et puis le crash inévitable arrive : son étoile lui tombe dessus. Et hop. Écrabouillé le rêveur. »

Victor a finalement renoncé à l'idée d'être poète, mais accepté le reste de mousse au chocolat qu'Alice lui a proposé.

Engrainée par l'herbe, Colette a enchaîné :

« *Laisse-toi guider par ton étoile…* Mes fesses ! Pour s'orienter, mieux vaut éviter les astres : tu as vu le désastre que ça a donné avec les rois mages ?! »

Elle s'est fait rire toute seule.

J'ai voulu intervenir, parce que je pensais à un truc qui me semblait brusquement crucial, mais le grand sourire plus fort que moi m'empêchait de parler.

« J'ai pas compris la blague », s'est plaint Victor.

« Demande à ton pote Jésus de te l'expliquer ! » a jeté Alice avant d'éclater de rire à son tour.

Victor nous a détaillés du regard.

« C'est extra : z'êtes devenus plus cons que moi ! »

Une fois mon sourire défigé, j'ai enfin pu m'exprimer :

« Selon un paradoxe appelé *nuit noire*, notre ciel nocturne devrait briller autant que la surface d'une étoile… »

Alice m'a coupé :

« Tu viens vraiment de commencer une phrase par *Selon un paradoxe*… ? »

« C'est quoi, un paradoxe ? » a demandé Victor.

« Une connerie », elle a expliqué.

Je n'étais pas d'accord.

« C'est un truc pas logique… »

M'interrompant d'un geste, Alice a demandé à Victor d'aller voir par la fenêtre si le ciel était aussi brillant que la surface d'une étoile.

Il ne l'était pas.

« Voilà », elle a confirmé à Victor, « c'est juste une connerie. »

« Et toi », elle m'a menacé, « si tu commences encore une phrase par *Selon un paradoxe*, je te crève les yeux, histoire que tu puisses la voir, ta *nuit noire* ! »

Elle m'a défié du regard.

Colette, qui avait fini de rigoler à sa propre blague, m'a mis en garde.

« Si j'étais un garçon malin comme toi, je me replacerais dans le contexte avant de répondre, à savoir qu'autour de cette table nous sommes tous marteau, et que sur cette table se trouvent des couteaux. »

Elle n'avait pas tort ; mais j'allais pas me laisser faire.

« *Selon un paradoxe* », j'ai dit, pour montrer à Alice que je n'étais pas du genre à céder la menace.

Elle a saisi un couteau sur la table.

J'en ai pris un aussi.

Et puis, Alice a souri à Colette :

« Il n'est pas costaud, mais il risquerait ses yeux pour sa phrase à la con ! Ça me plaît. »

« Bravo ! » m'a crié Colette. « En temps de guerre, tu aurais été résistant ! »

Fallait voir comment elle me regardait, Alice, maintenant que je lui avais résisté. Dans ses yeux, je me suis vu plus costaud.

« Je t'avais bien dit que c'était un bon choix », s'est félicitée Colette. « Tu aurais pu tomber sur un collabo, une vermine !... »

Colette était lancée.

« ... Une vermine, ça te promet le ciel, ça te vend le paradis ; et puis la vermine se barre : adieu le ciel et au diable le paradis ! Le résistant ne promet rien, mais il offre tout ! »

*Ciel !*

Le mot *ciel* a éclaté comme une bulle dans ma tête, l'inondant de bleu à ras bord.

*Le ciel se déverse dans la mer... La vie se fait belle pour t'inviter...*

Des gouttes se sont condensées en mots dans ma bouche :

« La vie se fait belle, t'invite à te jeter au ciel »

J'ai senti de l'eau éclabousser mon visage.

C'était Alice, qui venait de me balancer le contenu de son verre à la gueule. J'ai eu l'impression de revenir d'un rêve.

« Cas d'urgence », elle a expliqué, « t'avais buggué. »

« Moi, j'ai beaucoup aimé. C'était lyrique et allégorique comme du Sophie bourrée à l'aube », m'a complimenté Colette.

« Ben merde alors… », a fait Victor avec deux bonnes minutes de retard.

Il avait les pupilles allumées comme s'il venait de découvrir le feu.

« … c'est *pas logique* ! Ce qui s'est passé tout à l'heure, vous savez ? C'était *pas logique* : Alice veut pas que tu dises une phrase mais finalement ça lui plaît que tu la dises !… Eh ben, ça… c'est un *paradoxe* !! Je suis devenu intelligent ! »

D'avoir compris quelque chose par lui-même, Victor était heureux. Heureux, heureux à en mourir.

Sur-le-champ et sur le compte de son « fiston » Jacopo, Colette a commandé une bouteille de champagne pour fêter ça.

***

Ensuite, c'est Paulo le garagiste lui-même qu'on a vu monter sur scène. Il a installé un vieux matériel de DJ tandis que Mona, qui avait baissé l'éclairage de la salle, grimpait péniblement sur un escabeau pour fixer une boule à facettes au plafond.

Paulo a crié dans le micro :

« Ce soir, on met le feu à l'auberge ! »

Il a lancé une valse.

Le retraité hippie s'est levé de sa table pour s'avancer vers Colette.

« Voulez-vous danser avec moi ? »

« Mais… Et votre femme ? »

« Brigitte ? C'est ma sœur », il a dit en souriant.

Colette hésitait. Elle s'est tournée vers Alice pour lui chuchoter :

« Je n'ai jamais dansé avec un autre homme depuis mon Lucien. »

« Raison de plus ! Alleeez ! » elle l'a encouragée.

Et Colette y est allée.

Dans l'élan, Alice a pris ma main et celle de Victor pour nous entraîner sur la piste. Et on s'est tous mis à danser comme des dingues sous l'effet d'une joie affolée.

Un peu plus tard, Mona a apporté un plateau que personne n'avait commandé, sur lequel se trouvaient une bouteille de vodka et une carafe de jus d'orange.

« J'mets ça sur le compte de vot'… *fils* ? » elle a demandé à Colette, qui a bien sûr répondu oui.

Victor a préparé des vodka-orange pour tout le monde. On a trinqué, et notre Colette, toute défoncée à l'herbe bio, a porté un toast :

« Le bonheur est un beau salaud : il arrive sans prévenir, et vous avez à peine le temps d'en jouir qu'il a déjà pris la porte… alors jouissez du bonheur tant qu'il est là ! »

On a trinqué, et on s'est remis à danser.

À un moment, Paulo a mis un slow. Sans la moindre gêne, il a sauté de la scène pour venir prendre Alice par le bras et se coller contre elle… J'étais scié, et un peu bourré, j'avais chaud, je voulais me battre, mais j'ai pas eu le temps de bouger : il a suffi qu'Alice lui chuchote quelque chose pour que Paulo la lâche aussitôt, me regarde avec un petit sourire apeuré, et remonte derrière ses platines.

J'ai senti tout le corps d'Alice contre le mien.

« Qu'est-ce que tu lui as dit ? » je lui ai crié à cause de la musique trop forte.

« La vérité : que non seulement tu es fou de moi mais en plus tu es évadé d'un asile de fous !… Ah, et aussi que tu adores égorger les mecs qui me draguent ! »

Ses bras ont enlacé mon cou – elle riait, un peu bourrée elle aussi ; elle riait sans fard, comme si l'alcool avait décapé la couche de cynisme dont elle se maquillait.

« Je suis fou d'une folle ! » je lui ai crié.

Elle me riait du fond des yeux. Ses doigts se sont enfouis dans mes cheveux et elle m'a embrassé comme jamais. Au bord de ses lèvres, mon cœur flambait, éclatant de lumières à en étoiler la nuit.

# 17

« Le p'tit déj n'est pas compris », nous a informés Mona l'aubergiste, après s'être assurée qu'on l'ait bien entamé.

Autour de la table, il n'y avait que Jacopo, Oscar, Victor, Alice et moi. On attendait Colette qui n'arrivait pas.

Un doute m'a saisi. J'ai regardé Alice.

« Tu l'as fait ? »

« Fait quoi ? »

« Tu as étouffé Colette avec un oreiller dans son sommeil ?! »

La veille, après notre baiser intense, elle m'avait fait un bisou sur la joue, souhaité bonne nuit, et elle était partie.

« Non non », m'a répondu Alice en beurrant tranquillement sa tartine. « Colette n'est pas venue dormir avec moi cette nuit. »

« Pssstt », a chuchoté Victor, « r'gardez qui s'amène : le poète de la mort… »

D'un pas timide, ce dernier s'est approché de notre table. Et tout en bafouillant, il nous a proposé de lui donner chacun un mot, après quoi il en ferait un poème de quatre vers, et si on trouvait le poème valable, le prix était de quatre verres.

« De bière », il a précisé.

Pourquoi est-ce qu'il ne se servait pas gratos au bar ? Parce que, bien qu'étant le fils de la taulière, il devait payer ses consommations – évidemment, aucun *Suicidant* ne s'est étonné qu'un gars picole au petit déjeuner.

« Cœur ! » j'ai balancé le premier mot qui m'est venu.

« S'échapper », a soupiré Jacopo comme s'il voulait le faire.

« Filer », a ajouté Oscar pour suivre son patron.

« Pointillé », a sorti Victor en se marrant en douce.

« Seul », a lâché Alice en allumant une cigarette.

Le poète s'est isolé avec une feuille et un stylo.

Victor ricanait :

« Comment il doit se prendre la tête avec mon *pointillé* ! »

Et puis il s'est souvenu de quelque chose :

« Une fois, j'ai demandé à Colette comment on sait si on est alcoolique ou pas, et elle m'a répondu : *Si une bière suffit à te désaltérer, t'en es pas ; si dix bières t'altèrent, t'en es*. Ben à mon avis, ce gars, il doit en être… »

« Bravo, Sherlock », s'est moquée Alice, « on l'aurait jamais deviné. Tu devrais enquêter sur le mystère de la tête de mort de Papa Gérard… Je suis sûre que notre aubergiste l'a zigouillé. »

Victor lui a souri avec indulgence.

« Je sais qu'en fait t'es pas méchante : c'est ton malheur qu'est en train de se venger. »

« Mais quelle perspicacité ! Je suis impressionnée. »

Il était radieux, le Victor.

« Tu peux dire à ton malheur que s'il veut, il peut se venger en étant méchant avec moi. C'est fait pour ça, les amis ! »

« Je ne suis l'amie de personne », elle a riposté.

« Continue comme ça », l'a encouragée Victor. « Peut-être que, quand ton malheur aura fini de se venger, tu deviendras gentille ! »

« Lâche-moi », a soupiré Alice.

« Quoi, c'est tout ? Allons, tu peux faire mieux, Grand Méchant Malheur ! »

« Mais ta gueule !! »

« C'est super, t'arrête pas !! »

En se mordant les lèvres, Alice a laissé tomber – comprenant sans doute que, face au méchant, l'emmerdeur sort toujours gagnant.

Le poète a surgi pour se dresser devant nous. Et d'une voix claire, il a déclamé :

*À travers les coutures d'un cœur*
*S'échappent des lumières filantes*
*Que seul peut capturer un cœur*
*Pointillé de sutures brillantes*

« J'suis sur le cul », a poétiquement commenté Victor.

Et le poète a été payé en bières.

***

Au bout d'un moment, Colette a fini par apparaître. Elle était en compagnie des deux vieux hippies. Elle souriait.

« Je ne pars plus avec vous », elle nous a annoncé comme ça.

Et elle nous a expliqué qu'elle avait passé la nuit à discuter avec « Bertrand » – qu'elle tenait d'ailleurs par la main.

« Une vie que je ne connaissais pas existe : une vie sans haine, sans violence… une vie *humaine* dans le sens noble du terme… »

Bertrand et sa sœur lui avaient visiblement retourné le cerveau – ou alors c'était l'herbe ; en tout cas, Colette avait décidé de les suivre pour vivre avec eux dans leur communauté de hippies…

« Je crois que je n'en ai pas fini avec la vie », elle a conclu.

Et son Lucien dans tout ça ?

Il serait toujours l'amour de sa vie, la moitié de son orange. Mais il y avait peut-être d'autres fruits à goûter…

C'est sur cette métaphore qu'elle nous a dit au revoir.

« Toi », elle a dit à Victor avec beaucoup de douceur, « tu n'es pas con mais candide ; or la candeur est à la vie ce qu'est la confiture à la tartine rassie : elle la rend moins dégueulasse. »

Elle s'est tournée vers moi.

« Toi, ton cœur est un battant. Et on n'achève pas les battants avec un flingue. Un cœur battant ne s'abat pas : il se bat, pour lui et pour les autres. »

Elle a posé sa main sur l'épaule d'Alice.

« Et toi, ma chérie, je sais ce que c'est, d'avoir l'hiver à l'intérieur de soi. Alors tiens-toi bien au chaud – et pour ça, rien de mieux que de s'envelopper d'un châle d'amour… »

Enfin, elle s'est adressée à Jacopo :

« Quant à vous, mon vieux, je crois pouvoir affirmer que vous êtes la personne la plus emmerdante que j'aie connue. »

Elle s'est penchée vers Alice avant d'ajouter :

« Même l'hiver le plus brumeux s'achève par un printemps lumineux. »

Et Colette est partie.

# 18

Nous avons donc repris notre route avec un passager en moins.

Juste avant le départ, Papa Jacopo avait reçu et payé la note épicée de notre nuit à l'auberge – et il avait beau être millionnaire, il détestait se faire pigeonner, ne serait-ce que de quelques billets. Il ne s'était donc pas gêné pour dire à l'aubergiste ce qu'il pensait de son arnaque : d'elle, de son neveu, du spectacle, de tout.

Ce à quoi Mona avait répondu :

« Et vot' famille, c'est pas une arnaque, peut-être ? Personne se ressemble, et vot' pseudo-fils et vot' pseudo-fille ont passé la soirée à se rouler des pelles ! »

Et Mona l'aubergiste était retournée s'affaler sur son rocking-chair grinçant.

Avachi à la place du mort, Jacopo se tenait la tête comme si tous les emmerdements du monde pesaient sur lui. Il a soupiré :

« Dire qu'il va falloir encore attendre une journée… »

En effet, selon le rituel de Jacopo, le saut de la falaise ne pouvait avoir lieu qu'au lever du soleil. Pourquoi ? Parce que c'était comme ça qu'il voulait mourir. Et la vie n'allait pas lui voler sa belle mort à cause d'une vulgaire panne de voiture.

Le téléphone d'Oscar a sonné.

« Cool », a dit Victor, « le réseau est revenu ! »

Oscar a répondu : c'était le maître d'hôtel, qui appelait pour recevoir ses consignes. Jacopo a demandé que le dîner de la veille soit finalement organisé ce soir.

Dès qu'Oscar a raccroché, Victor lui a emprunté son téléphone.

La main d'Alice était dans la mienne, sa tête posée sur mon épaule. Victor s'activait sur l'écran, absorbé par un jeu de foot.

Soudain, Oscar a braqué son volant avant de freiner sec.

On a tous sursauté.

« Qu'est-ce qui vous prend », a braillé Jacopo, « vous voulez nous tuer ?! »

« Mes excuses, Monsieur... Il m'a semblé voir un animal sur la route. »

On a regardé par la vitre : il y avait là un caniche blanc qui avait l'air très content de nous voir.

« Reprenez la route ! » a ordonné Jacopo.

« Quoi ? » s'est écrié Victor. « On peut pas le laisser comme ça, il va mourir de faim ! Regardez, il a un collier ! »

Et il a ouvert sa portière.

Agenouillé devant le chien qui s'est aussitôt mis à lui faire des léchouilles, Victor examinait le collier. Il s'est retourné vers nous en se marrant.

« Il s'appelle Oscar !! »

Alice et moi on a trouvé ça drôle, Jacopo s'impatientait, Oscar n'a pas réagi.

Victor est revenu vers la voiture avec le chien dans les bras.

« Y a un numéro de téléphone et une adresse sur le collier... Pt'-être qu'il y a une récompense si on le retrouve ! »

Le chien a sauté sur la banquette pour nous dire bonjour.

Jacopo, excédé, l'a regardé s'agiter et rebondir, puis il a chargé son chauffeur d'appeler ses propriétaires.

« C'est bien cela, Madame », a dit Oscar à la femme qui lui a répondu. « Oui, sur la route… Bien, Madame… Certainement, Madame… »

Sur son ton placide habituel, il a fait le compte rendu de l'appel à son patron :

« Monsieur, la propriétaire du chien m'a appris qu'il n'était pas perdu, mais volontairement abandonné. Ensuite, elle a crié à quelqu'un, je cite : *T'as même pas été foutu de penser à lui enlever son collier !* Enfin, elle m'a raccroché au nez. »

« La race humaine devrait être exterminée », a soufflé Alice.

« Dites, Jacopo », a demandé Victor, « on peut garder Oscar ? J'ai toujours rêvé d'avoir un chien mais mes parents voulaient pas… »

Jacopo s'est retourné vers lui.

« Et il deviendra quoi, ton Oscar, *après* ? » il a articulé en insistant sur le après.

« Eh bien », a répondu Victor sans se démonter, « *avant* le *après*, on le donnera à Oscar, le vôtre, qui l'emmènera à la SPA… j'veux juste réaliser un de mes rêves avant de… »

Jacopo a coupé Victor :

« D'accord ! J'en suis plus à un emmerdement près. »

Et on a repris la route avec un nouveau compagnon d'infortune.

***

Victor, pensif, caressait la tête d'Oscar.

« J'aurais bien aimé être un chien », il a marmonné avec une moue chagrine.

« Pourquoi ? » je lui ai demandé.

« Ben, regarde Oscar : il est tout heureux alors qu'il a été abandonné sur la route comme une merde… à sa place, j'me serais tué ! »

« En fait », j'ai dit, « les animaux ne peuvent pas décider de se tuer vu qu'ils ont pas conscience de leur future mort. »

« L'être humain a le monopole du suicide », a sobrement commenté Alice.

Victor a froncé les sourcils :

« Pourtant, j'ai vu un reportage sur des rats qui font un suicide collectif en se jetant d'une falaise… »

« Les lemmings », a précisé Alice. « On aurait dû penser à en prendre quelques-uns avec nous. »

« C'est des conneries », j'ai répondu à Victor, en ignorant les sarcasmes d'Alice. « Quand ils font ça, les lemmings essaient juste de fuir un prédateur. »

Remarquant la perplexité de Victor qui se grattait la tête, j'ai continué :

« Un seul truc guide les animaux : la transmission de leurs gènes. Ils veulent survivre quoi qu'il arrive. Même si on les abandonne sur la route comme des merdes… »

Victor s'est insurgé :

« Pourquoi c'est pas pareil pour nous ?! »

« En fait *c'est* pareil pour nous, à un détail près : si le but de toutes les espèces est bien de lutter pour l'existence, les humains sont les seuls à lutter pour rester en vie tout en sachant qu'ils vont perdre cette lutte. »

« C'est nul », a déclaré Victor.

« Trop trop nul », s'est moquée Alice.

« N'empêche que c'est un drôle d'animal, l'humain : même quand la vie le met à genoux, il continue à se battre contre elle – ou pour elle. Et puis parfois… »

En se tournant d'un coup, Jacopo m'a interrompu :

« Vous allez arrêter immédiatement de m'emmerder avec cette conversation d'abrutis ! »

Et il a fait volte-face.

« Tu vois », a chuchoté Alice à Victor, « on peut être un humain et en même temps un chien… sauteur de falaise en plus ! »

Victor a souri, mais je voyais bien que cette histoire le chiffonnait encore. Comme je commençais à le connaître, j'ai laissé tomber les explications scientifiques pour tenter autre chose :

« À mon avis », je lui ai dit à voix basse, « on a tous un chien en nous… La preuve, c'est écrit sur un tableau de la salle d'art-thérapie : *N'essayez pas de dresser le chien qui est en vous, il ne fera que mordre davantage.* »

Victor a beaucoup apprécié – il s'est même marré en douce.

« On dirait une photophore de Colette ! »

« Pas mal », m'a murmuré Alice à l'oreille. « Mais Colette aurait plutôt écrit : *N'essayez pas de dresser la chienne qu'est la vie, elle ne fera que vous mordre davantage.* »

Sur ces mots, elle m'a mordillé le lobe. Et mon cœur, comme enragé dans sa cage, s'est mis à cogner contre sa grille de côtes.

# 19

On roulait en silence quand Victor a pris sa voix de petit garçon poli, celle de quand il voulait demander quelque chose.

« Oscar n'arrête pas de me mordiller les doigts, je crois qu'il a faim... D'ailleurs ça me fait penser qu'on n'a rien avalé depuis le petit déj... »

« On arrive dans une heure », lui a répliqué Jacopo, « ma cuisinière préparera le déjeuner. »

« UNE heure !! Mais c'est maintenant que j'ai faim, moi... Pas vous ? » il a dit en nous implorant du regard, Alice et moi, et en remuant la tête pour qu'on réponde *Oui*.

« Super faim », j'ai répondu, juste pour emmerder Jacopo qui nous emmerdait.

« Super méga faim », a renchéri Alice.

Victor a souri.

« Oscar, vous voulez bien me passer vot' téléphone, que je voie si y a un restau dans le coin ? »

Après une rapide recherche, Victor a dégoté un restaurant situé à dix minutes. Le restau était, nous a-t-il appris, très mal noté sur TripAdvisor, mais c'était le plus proche – et de la bouffe, c'était de la bouffe !

Pendant qu'Oscar manœuvrait sur le parking du restaurant, on a vu une voiture de gendarmes se garer juste à côté de la nôtre.

Aussitôt, Jacopo nous a ordonné de ne pas bouger, de rester calmes et de faire comme si de rien n'était.

Les deux gendarmes sont sortis de leur voiture et se sont dirigés vers nous.

Le premier a tapé à la vitre d'Oscar et le deuxième à celle d'un Jacopo au bord de l'infarctus.

Quand ils se sont penchés, on a découvert leurs visages admiratifs et souriants.

« Quelle voiture vous avez là ! On n'en voit pas des comme ça, dans le coin ! » s'est enthousiasmé l'un d'eux.

« Une Rolls Royce… C'est la première fois que j'en touche une ! » s'est extasié l'autre.

Ils admiraient l'intérieur.

« Vise-moi un peu ça ! »

Jacopo-parano s'est empressé de préciser :

« Je suis le père de famille, nous sommes partis en week-end avec les enfants ! »

Les gendarmes nous ont regardés tous les trois.

« Aucun des trois n'est de la même mère ! » s'est justifié Jacopo.

Les gendarmes n'en avaient visiblement rien à foutre.

« Vous v'nez manger chez Évelyne ? »

« Oui… Les enfants ont très faim ! »

« J'vous conseille le *ragoût spécial Évelyne* : on en mange tous les midis et on s'en lasse pas ! »

« D'accord », a dit Jacopo, « merci ! »

Il s'est tourné vers nous.

« On y va, les enfants ! »

Alors qu'on se dirigeait vers le restaurant, la voix d'un des deux gendarmes nous a rattrapés.

« Hé ! Attendez ! »

On s'est retournés.

« Oui ? » a murmuré Jacopo, pâle comme la lune.

« Z'auriez pas croisé un gars qui porte une moustache et un béret écossais, par hasard ? »

« Non », a répondu Jacopo.

« Merci ! Bon appétit ! »

Assis autour d'une table à la nappe mouchetée de taches de gras, on a regardé arriver nos assiettes de *ragoût spécial Évelyne* – ladite Évelyne avait refusé net de nous dire ce qu'il y avait dedans : *Secret de famille !* Mais Jacopo avait commandé ça pour tout le monde, au cas où les gendarmes, installés deux tables plus loin, viendraient nous voir.

« C'est dégueulasse », a déclaré Alice après la première bouchée.

J'étais du même avis.

« Si on commande autre chose », a chuchoté Jacopo, « ils croiront que nous ne sommes pas des gens coopératifs, donc suspects. »

Oscar le chauffeur avait préféré rester dans la voiture pour la surveiller. Oscar le chien, lui, mangeait le ragoût dans une gamelle aux pieds de Victor, et il avait l'air de trouver ça aussi bon que son nouveau maître.

Alice m'a envoyé un clin d'œil malicieux, puis elle s'est tournée vers Jacopo d'un air grave :

« Soit vous promettez, devant témoins, qu'à partir de maintenant je peux fumer dans la voiture, soit je vais immédiatement voir les gendarmes pour leur dire que vous m'avez enlevée. Croyez-moi, si vous trouvez la vie emmerdante avec tout le confort que vous avez, je ne vous dis pas ce que ça va être en prison… »

Jacopo a serré les dents.

Alice a fait mine de se lever.

« C'est d'accord, c'est d'accord ! » s'est empressé Jacopo, piégé par sa parano.

Victor a levé la tête de son assiette.

« C'est la première fois que j'ai l'impression de faire partie d'une vraie famille ! »

***

Jacopo a eu l'air soulagé lorsque les deux gendarmes sont partis en nous saluant ; en revanche, il a tiré une drôle de tête quand, après le ragoût, Évelyne a posé sur notre table quatre petits pots en terre cuite, qui contenaient une substance brune, visqueuse et parsemée de grumeaux.

On a entendu un léger ronflement ; c'était Oscar le chien qui, repu, s'était endormi.

« C'est quoi ? » a demandé Victor en se léchant les babines.

« Dessert maison », nous a-t-elle dit – on n'en saurait pas plus.

J'ai offert mon pot à Victor, aussitôt imité par Alice et Jacopo ; ce dernier, qui n'en pouvait plus, s'est levé de table.

« Je vous attends dans la voiture », il a dit sans cacher son dégoût.

Et il a laissé un gros billet sur la table.

« Merci, P'pa ! » lui a crié Victor alors qu'il quittait le restaurant.

Jacopo l'a ignoré.

Victor a haussé les épaules, et entamé son premier dessert.

« Jamais il rigole, ce gars… Au moins, grâce à lui on peut être sûrs d'une chose : le bonheur ne s'achète pas ! »

« Le bonheur ne s'achète pas, il se vole », j'ai dit en levant l'index, sûr de mon petit effet.

« Elle est pas mal, celle-là ! » a apprécié Victor avant d'enchaîner sur son deuxième dessert.

Alice m'a regardé d'un air moqueur.

« Je suis certaine que rien n'arrête les voleurs armés de pinces à épiler… »

Victor a éclaté de rire, bouche grande ouverte.

« Bien envoyé ! »

« Pour ce qui est de Jacopo », elle a ajouté, « il ne *peut pas* être heureux. Il en est tout bonnement incapable. C'est un handicapé du bonheur. »

« Dans ce cas, pourquoi il n'arrive pas à se jeter du haut de sa falaise ? » lui a demandé Victor en enfonçant sa cuillère dans le troisième dessert.

« Parce qu'il a encore plus peur de la mort que de la vie », a répondu Alice.

« Hein ? »

« Il a peur de la mort », elle a simplifié.

« Ben, c'est normal… T'as pas peur de la mort, toi ? »

« Non », elle a répondu, « c'est de la vie que j'ai peur. La mort, je ne la connais pas – en revanche je connais la vie, je sais de quoi elle est capable. Et c'est terrifiant. »

Là-dessus, Alice nous a plantés là, et elle est sortie fumer.

« Ta meuf », m'a dit Victor, « elle raconte des trucs trop bizarres… Aaah, j'ai bien mangé ! » il a conclu en se tapotant le ventre, son dernier dessert englouti ; il a attrapé le billet, pris Oscar dans ses bras, et il s'est dirigé vers Évelyne.

De mon côté, j'ai rejoint Alice devant le restaurant.

« Moi aussi », j'ai avoué, « la vie me fait plus peur que la mort. »

« Je sais. »

« Comment tu peux le savoir ? »

Elle a pris mes joues dans ses mains.

« Tu as essayé de te tirer une balle dans le cœur : on ne fait pas ce genre de trucs à moins de vouloir fuir quelque chose de terrifiant. »

J'ai rien dit.

« Et puis je suis ton amoureuse », elle a ajouté avec un sourire. « C'est normal que je sache ce qui se passe dans la tête de mon petit chéri. »

Elle m'a fait un gros bisou sur la bouche.

Victor est sorti du restaurant.

« Alex, tu veux bien m'prêter ta copine pour quelques selfies ? »

Sans attendre ma réponse, Alice m'a lâché pour aller coller sa joue contre celle de Victor, qui tenait le téléphone en l'air.

Tandis qu'ils se prenaient en photo, deux jeunes gars massifs – on aurait dit des débiles congénitaux – nous sont tombés dessus. Ils portaient des tabliers couleur blanc dégueu.

Un des deux a pris la parole :

« Mate ça ! Pendant que nous on se tape la plonge, les gosses de riches s'prennent en photo… »

« Filez-nous la monnaie », a grogné l'autre, « M'man a dit qu'elle vous en avait rendu plein. »

Nos deux détrousseurs n'étaient autres que les rejetons de la charmante Évelyne – pas étonnant que le restau soit si mal noté sur TripAdvisor.

Victor a crié à Oscar :

« Attaque ! »

Ce dernier lui a répondu en battant de la queue.

Les deux gars se sont marrés. Puis le premier a montré les crocs :

« Fini de rigoler maintenant, donnez-nous le fric ou vous allez avoir droit à ça… »

Il nous a menacés de son gros poing serré. Son frangin l'a imité.

Victor allait sortir l'argent de sa poche quand, brusquement, Alice a balancé un coup de pied dans les couilles d'un des deux gars, lequel est devenu rouge cerise.

« Salope ! » a lancé l'autre en armant son bras pour la frapper.

Et mon coup de poing est parti tout seul : une droite puissante en plein dans sa mâchoire. J'ai moi-même été surpris par ma rapidité de réaction.

Alors qu'on rejoignait vite fait la voiture, le premier gars se tenait l'entrejambe, tandis que le second nous aboyait des cochonneries, du sang plein les gencives.

On s'est engouffrés à l'arrière.

« C'est pas trop tôt », a grommelé Jacopo.

Et Oscar le chauffeur a démarré.

« C'était super cool », a commenté Victor, « dommage que j'aie pas pu filmer la scène ! »

« Joli coup de poing », m'a complimenté Alice.

« Merci », j'ai dit, « ton coup de pied n'est pas mal non plus. »

« Tu m'as défendue », elle a fait remarquer sans me remercier.

« C'est normal », je lui ai souri, « tu es mon amoureuse. »

# 20

Accoudée à sa portière, Alice savourait sa cigarette tandis que Victor postait les selfies qu'il avait pris d'eux avec la campagne en fond, hashtag #petitevireéeenamoureux.

C'est alors qu'on a entendu un bruit qui venait du coffre. Ça faisait *Toc toc toc.*

« Qu'est-ce que c'est que ça, encore ? » a demandé Jacopo à Oscar.

Le chauffeur a arrêté la voiture. Il est descendu, a fait le tour pour aller voir…

… et là, à travers la vitre arrière, on l'a vu lever les mains en l'air sous la menace d'une arme qui dépassait du coffre. Le gars qui tenait l'arme en est sorti – il portait une moustache et un béret écossais.

Sans baisser les mains, Oscar a repris sa place au volant pendant que l'homme s'asseyait à l'arrière, à côté de Victor, Alice et moi.

« Conduisez-moi au premier port », il a dit, « et tout le monde s'en sortira sain et sauf. »

« Bien, Monsieur », lui a répondu Oscar.

Pendant que la voiture redémarrait, Jacopo s'est pris la tête entre les mains.

« Pourquoi la vie ne fait que m'emmerder ? Pourquoi ?? Pourquoi ??? Est-ce que c'est un complot ? Est-ce que je suis maudit ?… »

« C'est rien », a dit Victor au nouvel arrivant, « il fait des crises de parano. Dites, j'peux regarder vot' flingue ? »

« Pas touche, petit. Une balle est vite partie et j'ai pas envie de descendre tout le monde. »

« Ne vous gênez surtout pas », lui a dit Alice.

Un détail m'a intrigué. Je me suis penché sur l'arme du gars.

« Mon père a un flingue qui ressemble à celui-là », j'ai dit. « Un Smith & Wesson Model 27 à canon de quinze centimètres. »

« Pas mal », il a répondu, « mais le mien est un Model 28 à canon de dix centimètres : il est plus facile à planquer. »

Victor lui a tendu la main.

« Moi c'est Victor, et vous ? »

« Tony Les-Deux-Poings. »

« Classe ! Ça vient d'où ? »

« J'étais boxeur, dans le temps… Dites, comment ça se fait qu'aucun de vous n'a la trouille ?! »

« On est *Suicidants* », a expliqué Victor.

« Hein ? »

Victor a chuchoté :

« Ça veut dire qu'on a raté nos tentatives de suicide… mais là on va faire un suicide collectif ! »

« Bordel », a râlé Tony Les-Deux-Poings, « il a fallu que je tombe sur des dingos ! »

« Vous croyez pas si bien dire », a soufflé Alice dans la fumée de sa cigarette.

« Comment vous avez fait pour monter dans le coffre ? » j'ai demandé.

« Je l'ai ouvert avec une pince à épiler. »

« Je sais faire ça aussi ! »

« Et vous, alors ? » a dit Victor, l'air très intéressé par notre nouveau compagnon. « Vous connaissez not' secret, racontez-nous un peu le vôtre… »

Le gars a rangé son flingue.

« J'me suis évadé du tribunal où j'allais être jugé, juste avant le procès. »

« Comment vous avez fait ? » a demandé Victor, langue pendante, comme un môme de quatre ans qui attend la suite de son histoire.

« Un complice m'avait caché ce flingue dans les toilettes… »

« Et c'est quoi vot' plan, maintenant ? » a chuchoté Victor. « Vous pouvez nous le dire : on s'ra bientôt morts ! »

« Hmm… ouais… Une fois arrivé au port, j'vais me faufiler dans un ferry pour rejoindre l'Angleterre. C'est là que m'attend Béatrice. »

« Béatrice ? »

« La femme de ma vie »

« Et vous étiez jugé pourquoi, avant de vous évader ? »

« Pour évasion. J'étais en prison pour des braquages, et j'me suis évadé grâce à Béatrice : elle avait eu l'idée de prendre des leçons de pilotage… Elle a loué un hélicoptère, survolé Paris, et elle m'a tiré de la cour de la prison en plein jour… »

« La grande classe », a commenté Victor.

J'étais d'accord.

« Votre femme a des couilles », a dit Alice.

« Ouais ! Plus de couilles que la plupart des durs à cuire que j'ai connus, et j'en ai connu ! »

« Vous voulez une cigarette ? » lui a proposé Alice.

« Volontiers, Mademoiselle. »

Tandis qu'ils fumaient tous les deux à l'arrière, Jacopo fulminait à l'avant.

« On est encore loin ? » il a demandé à Oscar.

« Il y a un port à dix minutes d'ici, Monsieur. »

Victor a pris sa voix de petit garçon poli :

« Monsieur Les-Deux-Poings, c'est la première et la dernière fois que je rencontre un vrai gangster… Vous voulez bien m'en raconter un peu plus ? »

***

Paris, 1986.

Alors qu'il était promis à une brillante carrière de boxeur, celui que l'on surnommait Tony-Les-Deux-Poings – car que ce soit de la droite ou de la gauche, il pouvait mettre K.-O. n'importe qui – a vu sa carrière stoppée net par un sale coup à la tête.

« Le médecin a été clair : *Si vous prenez encore un choc, c'est la mort assurée*. La mort, moi je m'en foutais, mais pas Béatrice. Elle m'a dit que je ne pouvais pas mourir ; j'ai demandé pourquoi, elle m'a répondu : *Parce que mon cœur est dans le tien*. Alors j'ai arrêté de boxer. »

« Extra ! » a crié Victor. « Et après ? »

« Moi qui ramassais un paquet de fric à chaque fois que je gagnais un combat, je me suis retrouvé sans un sou ; et comme la misère est le fumier sur lequel poussent les crapules, je suis devenu une crapule… »

Des truands fréquentaient les combats de boxe pour les paris truqués ; Tony-Les-Deux-Poings leur a demandé un boulot. Il ne savait rien faire de ses mains à part cogner.

« J'ai fini par dégoter une proposition : des types étaient en train de creuser un tunnel dans un égout, un égout qui menait à la salle des coffres d'une banque, et ils avaient besoin d'un mec supplémentaire. J'ai hésité, mais le chef du gang a su me convaincre : *Tu vas pas décrocher la lune*, il a dit, *mais je te promets une ou deux étoiles*. Dans le jargon, *une étoile*, c'était un sac de fric. Bref, je suis passé des lumières d'un ring au noir sale d'un égout… Dans ce merdier, je me répétais la devise de mon pote Rocky-Les-Dents-Pétées : *La vie et la boxe, c'est kif-kif – être un bon cogneur ne suffit pas, l'important est de continuer à avancer quand tu reçois des coups.* »

Après trois mois de boulot acharné, l'équipe a enfin achevé de creuser le tunnel ; et le casse a eu lieu.

« On a fracturé tous les coffres. C'est fou c'que les richards peuvent cacher comme pognon ! On n'en revenait pas ! »

Après des mois passés dans cet égout, Tony Les-Deux-Poings et ses acolytes se sont offert un petit plaisir : ils balançaient les billets en l'air, le plus haut possible, pour faire tomber sur eux une *pluie de pognon*.

« Et puis, dans un grand coffre, j'ai remarqué un tableau… j'y connaissais rien en art mais il ressemblait aux tableaux que Béatrice me montrait dans un livre qu'elle adorait. Alors j'ai décidé de le prendre pour elle. »

Tony a marqué une courte pause, avant de continuer.

« Un des gars m'a prévenu : *Fais gaffe, mon pote. L'argent, ça se blanchit, mais les œuvres d'art, c'est vachement dur à refourguer…* Je lui ai répondu que c'était pour offrir. Il a rigolé : *T'es un grand malade ! Si on te chope avec ça, tu vas faire toutes les prisons du monde !* Mais si vous aviez vu le regard de Béatrice, quand elle a découvert le tableau ! Ça valait bien toutes les prisons du monde. »

Victor, tout excité par ce rebondissement, a vigoureusement hoché la tête. Tony a repris :

« *C'est un… ? C'est un… ?* elle répétait, ahurie, comme je lui avais volé la lune. »

Mais bientôt, les flics ont suivi la piste de la bande surnommée « *les rats d'égout.* » Dans la foulée, ils avaient effectué des descentes. Ils n'avaient rien trouvé chez les autres, car l'argent se blanchit ; en revanche, dans la chambre à coucher du petit deux pièces de Tony Les-Deux-Poings, ils avaient découvert, accroché au mur face au lit, un tableau évalué à plusieurs millions – signé Modigliani.

« J'ai balancé personne », il a conclu, « et pourtant on m'a joliment cuisiné… »

Policiers, procureur, avocats : tous avaient conseillé à l'accusé de dénoncer ses complices afin d'obtenir une condamnation plus légère. En vain. Même le juge, le jour du procès, lui avait proposé d'alléger sa peine d'un an de prison par complice dénoncé. *Si j'étais à votre place, je les dénoncerais*.

Tony Les-Deux-Poings avait fait la grimace, avant de lui envoyer dans les dents : *Avec tout le respect que je vous dois, Votre Honneur, on n'a pas été pétris dans la même merde !*

K.-O., le Monsieur.

« Résultat, j'ai pris vingt ans… mais j'en ai fait que dix : Béatrice trouvais que je lui manquais trop, c'est là qu'elle a décidé de prendre des leçons de pilotage… »

Il s'est arrêté un instant, pensif.

« Quand j'étais dans l'hélico avec Béatrice, elle et moi dans le ciel tandis que, tout en bas, je voyais la prison s'éloigner, je lui ai dit que jamais je n'aurais pu imaginer ou même rêver un truc pareil… Sa réponse s'est plantée comme un clou dans ma tête : *Tu as beau tout imaginer, tout rêver, la vie surpassera toujours tes histoires.* »

Victor a applaudi.

« Extra ! C'était extra ! »

Arrivés au port, on a déposé Tony Les-Deux-Poings.

Victor, Alice et moi, on est descendus de la voiture – Victor voulait prendre quelques selfies avec le port en fond.

Par la vitre, Jacopo, à bout d'emmerdements, nous regardait sans rien dire.

J'ai souhaité bonne chance à Tony Les-Deux-Poings, et puis je lui ai demandé :

« Comment vous avez su que Béatrice était la femme de votre vie ? »

Il m'a répondu :

« Ses yeux. C'est le seul miroir dans lequel j'ai jamais peur de me voir tel que j'suis. »

Et il est parti.

# 21

Cheveux au vent, accoudée à sa portière, Alice fumait tandis que Victor postait les selfies qu'il avait pris d'eux avec la mer en fond, hashtag #sortieenbateau.

« Jacopo », a dit Victor tout en se délectant des commentaires qu'il lisait, « vous savez ce qu'il vous faudrait *en plus,* pour le festin de ce soir ? Une meuf ! J'en ai une virtuelle, et c'est déjà super, alors imaginez une vraie ! »

« Une quoi ? » a soupiré Jacopo.

« Une meuf… Une femme, quoi ! »

« Je n'ai pas l'intention de payer pour la compagnie d'une femme !… De toute façon, les femmes m'emmerdent avec leurs désirs d'enfant et de mariage… Et puis, je n'ai jamais été très doué pour les aborder. »

« Aujourd'hui, les gens ne s'*abordent* plus », a ricané Victor. « Y a Tinder !! Moi ça m'a jamais réussi parce que j'ai rien pour moi, mais vous, vous êtes riche ! »

Et, avec entrain, Victor a expliqué à Jacopo le principe de Tinder :

« C'est juste des photos. Soit la nana ne vous plaît pas et vous appuyez sur la croix, soit elle vous plaît et vous appuyez sur le cœur. Et si les deux personnes se plaisent, alors c'est bon ! »

Silence.

« Je vais vous créer un compte ! »

Jacopo avait l'air aussi emmerdé qu'intéressé.

Victor tapait des pouces à toute allure sur l'écran du téléphone.

« C'est bon », il a déclaré. « Il manque juste la photo… Oscar, vous pouvez vous arrêter une minute ? »

« Bien sûr, Monsieur. »

Jacopo a interrogé Victor du regard.

« Pourquoi ça ? »

« Vu que vous avez une sale tête, Jacopo – et j'vous dis ça comme un fils –, va falloir prendre la photo avec la Rolls, c'est vot' seul atout pour qu'une nana vous like sur Tinder. »

« Et tu dis qu'avec ça, une femme passera la soirée avec moi sans rien me demander ? »

« C'est ça, Tinder ! Je vous garantis une femme sans engagement – et peut-être même plusieurs ! »

Assis dans l'herbe au bord de la route, Alice et moi, on regardait Victor donner ses instructions à Jacopo.

« Mettez la main devant votre visage, pour le cacher un peu… et poussez-vous pour qu'on voie bien le sigle de la Rolls Royce… Voilà, c'est parfait ! »

Je repensais à la soirée à l'auberge, quand Alice m'avait embrassé si intensément, ses doigts dans mes cheveux, mon cœur flambant… Je me disais que ce genre de moment ne se reproduirait plus, puisque demain, à la même heure, nous serions tous morts. Et cependant, j'avais quand même envie que ce genre de moment se reproduise…

« C'que t'es moche quand tu cogites ! » elle m'a lancé, m'arrachant à mes pensées.

Je l'ai regardée, et le temps d'un éclair ses yeux ont aveuglé les miens : le soleil y miroitait comme s'il était abrité dedans.

J'ai eu envie de lui dire quelque chose de joli.

« Ce soleil glacé fait mieux givrer le bleu de tes yeux. »

Elle a pouffé.

« Tu t'es cru dans un roman à l'eau de rose ? »

« C'est bon ! » a alors déclaré Victor, « j'ai la photo parfaite ! »

Après cette courte pause artistique, on a repris la route. Victor effectuait les dernières manipulations.

« Ça y est, la photo est téléchargée. »

Il s'est tourné vers moi :

« Pour sa description, comment on dit genre qu'il est riche mais sans le dire ? Pour pas faire frimeur, tu vois ? Et comment on dit qu'il veut une meuf mais sans faire pitié ? »

Il a adressé un petit sourire d'excuse à Alice.

« Je t'aurais bien demandé à toi, hein, mais tu sors des phrases que personne comprend. »

Il a donc tapé ce que je lui ai dicté :

*Célibataire d'origine italienne, je suis matériellement très à l'aise, il ne me manque qu'une âme sœur à combler…*

Et il a ajouté :

*Venez me rencontrer ce soir à 20 heures…*

« Jacopo, il faut l'adresse de vot' maison normande pour finir la description ! »

***

Vingt minutes plus tard, Victor sautillait d'excitation :

« Y a déjà six femmes qui viennent ce soir !! Et encore, j'ai sélectionné que les plus jolies ! Attendez, y en a une septième ! »

Il a rigolé :

« Elles font toutes des commentaires sur la Rolls… Va falloir commander du champagne et du caviar : y a que des michtos ! »

« Des femmes vénales », a traduit Alice pour Jacopo.

J'ai fermé les yeux.

Alice avait posé la tête au creux de mon épaule ; à chaque fois qu'elle respirait, ça me chatouillait le cou et un frisson électrique me traversait le corps.

Je repensais à ce qu'elle m'avait dit :

*« Tu as essayé de te tirer une balle dans le cœur : on ne fait pas ce genre de truc à moins de vouloir fuir quelque chose de terrifiant. »*

Ce *quelque chose* de terrifiant que j'avais voulu fuir, c'était l'amour ; et voilà que j'étais en plein dedans.

# TROISIÈME PARTIE

## Dans un manoir en Normandie

*«Quand un pigeon te chie sur la tête,*
*soit tu t'apitoies avec des « pourquoi c'est tombé sur moi ? »*
*soit tu te démerdes et tu continues ta route.*
*La vie, c'est pas plus compliqué que ça. »*
Une élégante tragédienne

# 22

En milieu d'après-midi, après avoir franchi un grand portail vert, la voiture s'est arrêtée devant le manoir.

Un maître d'hôtel moustachu et tout en longueur est venu ouvrir la portière de Jacopo. Nous, on était déjà sortis de la voiture.

« Waaaah ! » s'est écrié Victor. « Y a même une piscine, on va pouvoir faire une *pool-party* ! »

Je contemplais le manoir. C'était la première fois que j'en voyais un en vrai, et je trouvais ça encore mieux qu'un château ; ça avait un côté sombre qui me plaisait.

« Les fondations de la demeure remontent au 15$^{e}$ siècle », nous a précisé le maître d'hôtel.

« La piscine aussi ? » a demandé Victor en la prenant en photo.

« Euh… non, la piscine est plus récente, Monsieur. »

On est entrés à l'intérieur ; il y avait un immense escalier central qui se scindait en deux.

« Monsieur, si vous voulez bien vous installer avec vos invités dans le grand salon, je vous apporte des boissons et de quoi vous sustenter. »

« On peut aussi avoir un petit quelque chose à manger ? » a poliment demandé Victor.

« *Se sustenter* », a soupiré Jacopo, « ça veut dire manger. »

« OK, alors je veux bien *sustenter* ! Mais j'trouve que ça ressemble à un mot cochon… »

Aussitôt arrivé dans le grand salon, qui portait bien son nom, Jacopo s'est assis dans un fauteuil tandis que nous trois, on examinait le gigantesque portrait d'une famille de neuf enfants, tous souriants, sauf un, qui devait avoir une dizaine d'années.

« Je parie que celui-là, c'est vous ! » a dit Victor.

Jacopo a jeté un œil au portrait.

« En effet », il a répondu. « Toutes les autres personnes présentes sur ce portrait sont mortes dans l'accident de l'avion familial. Je n'étais pas avec eux… Faire un tour en avion m'emmerdait. »

« Dingue ! » a fait Victor. « Ça veut dire que si ça vous avait pas emmerdé d'aller faire un tour en avion, vous seriez mort et vous n'auriez plus d'emmerdes ! »

« Je sais », a expiré Jacopo en se mordant les dents.

Au-dessus de la photo, il y avait une phrase gravée dans le mur en italien.

« Ça veut dire quoi ? » a demandé Victor en pointant l'inscription.

On voyait bien que ça l'emmerdait sérieux, le Jacopo, mais il a quand même traduit :

« *À vouloir décrocher les étoiles, on risque de tomber dans le caniveau ; mais puisqu'on finira tous dans le caniveau, autant tenter les étoiles*. »

Victor était impressionné.

« Ça a dû coûter pas mal de bières ! »

« C'était la devise de mon père. »

« Ça veut dire que… »

Jacopo l'a coupé-haché :

« Je ne veux plus entendre un mot. »

Le majordome a fini par arriver avec un plateau de boissons fraîches, de petits-fours et de mini-sandwichs…

Assis autour du plateau, on se sustentait en silence quand Victor, qui semblait tracassé, a ouvert sa bouche pleine pour s'adresser à Jacopo.

« Dites, vous étiez le seul de vot' famille à être comme ça ? »

« À être comme quoi ? » a lentement articulé Jacopo.

« Ben… un peu… fêlé. »

Aucune réponse.

« Vous fâchez pas, hein, moi aussi je suis fêlé ! J'demandais ça parce que j'ai un frère qu'est normal… »

Toujours pas de réponse de Jacopo. Victor, assombri, a continué pour lui-même :

« J'me demande pourquoi c'est moi qui suis fêlé et pas mon frère… »

Jacopo s'est levé.

« Je vais me reposer. Adressez-vous à mon maître d'hôtel si besoin. Les séances de psychothérapie de groupe m'emmerdaient déjà à la clinique, je ne vais pas les subir chez moi. »

Victor semblait sur le point de se mettre à pleurer. Alice a regardé avec dégoût Jacopo s'en aller, puis elle s'est tournée vers Victor.

« Hé oh ! Moi aussi, je suis fêlée ! Tu t'es cru tout seul ?… Et celui-là », elle m'a indiqué de la tête, « c'est un fêlé de premier choix ! »

« Un fêlé de premier choix », j'ai confirmé.

Victor a souri, Alice a continué :

« Écoute cette citation : *Heureux soient les fêlés car ils laisseront passer la lumière.* »

« Je suis pas sûr de bien comprendre… »

Elle l'a regardé dans les yeux.

« Ça veut dire nos fêlures sont des plaies lumineuses. »

Elle était belle, mon Alice, quand elle parlait lumière.

« Allez », elle a lancé à Victor, « au boulot : t'as une méga fête à organiser ! »

Il s'est levé aussitôt, galvanisé.

« L'amour », j'ai pensé à voix haute, « c'est gommer les laideurs du monde avec la beauté d'un seul être. »

Elle s'est tournée vers moi.

« Toi, la ferme. »

Je lui ai souri.

« Je t'ai juste trouvée belle, en gentille. »

« Pffff, j'ai raconté ces conneries à Victor pour qu'il se mette pas à chialer. »

« Tu peux dire à ton malheur que c'est pas grave, d'être gentil. »

« Tu peux aussi fermer ta gueule, pour une fois. »

Je l'ai fermée.

« Et si tu ravales pas ce sourire à la con », m'a menacé Alice en s'approchant, « je vais te l'arracher moi-même. »

« C'est pas un sourire à la con », j'ai dit avant que ses dents ne frôlent mes lèvres. « C'est un sourire à l'amour. »

Après m'avoir mordillé la bouche avec une vache tendresse, elle m'a observé d'un air interrogateur.

« Tu te souviens de ce garçon qui disait que l'amour était une illusion, des molécules chimiques ?... Je me demande ce qui a bien pu lui arriver... »

*Un baiser magique derrière le muret des Alcooliques*, j'ai pensé.

« On sort se balader ? » elle m'a proposé, « j'ai l'impression que tous les frères et sœurs de Jacopo nous regardent... »

« OK », j'ai répondu, tout mordu que j'étais.

## 23

Dans les jardins du manoir, on a marché comme ça, main dans la main. Par moments on s'arrêtait pour s'embrasser contre un arbre, et on se remettait à marcher.

Et puis, je me suis figé net.

« Tu te rends compte qu'on est en train de faire de la *Marche en Pleine Conscience* ? » je lui ai dit.

« Oh, comme c'est merveilleux », elle s'est moquée, « regarde : une branche sur laquelle aucun oiseau n'est posé ! »

« Non, sans déconner… Là, je pensais ni à mon passé ni à mon avenir ; je savourais juste l'instant présent. Pas toi ? »

« Ça a dû m'arriver une minute ou deux… En parlant de passé, tu es le dernier homme de ma vie et je ne sais presque rien de toi. Raconte-moi quelque chose de ton passé. »

On s'est assis sur un banc et, sans rien voir venir, je lui ai tout déballé sur ma mère, comme jamais à personne.

Les crises, le suicide… tout. Et plus j'en parlais, plus j'avais l'impression que ce n'était pas un rêve, que ça avait vraiment existé.

« Maman est folle », j'ai dit comme ça.

Et j'ai chialé comme un gosse.

Alice a pris ma tête entre ses mains, elle l'a attirée contre elle et, en caressant doucement mes cheveux, elle a laissé mes sanglots couler.

J'ai fini par me sentir mieux, vraiment mieux ; comme si la douleur qui me lançait sans cesse s'était enfin fixée quelque part.

Je me suis redressé… et je suis resté muet : on aurait dit que les yeux d'Alice fondaient sur ses joues.

Je n'ai pas parlé ; pas demandé pourquoi elle pleurait comme ça. J'ai juste attendu.

Et c'est du bout des lèvres que se sont déversés ces mots venus du bout du cœur :

« D'abord il y a eu mon oncle, quand j'étais petite. Et puis ce mec de mon lycée, le soir où il m'a droguée. Et tous ses copains me sont passés dessus après lui. »

Elle m'a tout déballé, comme jamais à personne.

Quand ces souvenirs noyés ont eu fini de jaillir, ils se sont évaporés avec leurs larmes.

Et on est restés là, sur le banc en silence. Déchargés ; comme si on avait sucré des morceaux du passé.

***

La nuit menaçait le jour quand Alice m'a secoué :

« Allez, on oublie tout ça le temps d'une soirée, d'accord ? On se remet en mode *Pleine Conscience* ? »

« D'accord », j'ai dit.

« Et si on allait rejoindre Victor ? Je meurs d'envie de savoir combien de croqueuses de diamants seront là ce soir ! »

Sans me laisser répondre, elle a repris :

« On fait la course ? »

Elle courait déjà, je me suis mis à courir derrière elle pour la rattraper.

Mon cœur battait, battait, battait…

De battre, mon cœur ne s'arrêtait plus depuis Alice. Et je voulais que ça continue.

## 24

Dans la piscine chauffante, flottant sur un matelas, un cocktail à la main, nous attendait Victor.

De son autre main, il pianotait du pouce sur l'écran d'un téléphone.

« Alors ? » lui a demandé Alice.

« Quatre-vingt-deux… Certaines vont faire deux heures de route pour venir ici… Jacopo m'a dit de m'arrêter à cent, mais j'ai plein de *matchs* depuis que j'ai ajouté des photos de la piscine avec le commentaire : *N'oubliez pas vos maillots !* »

Il était lui-même surpris par la réussite de son plan.

« Ça veut dire qu'il y a plus de cent femmes dans un rayon de deux heures de route prêtes à se déplacer juste pour une Rolls et une piscine ? ! »

« Ça s'appelle des poufiasses », a simplement rectifié Alice.

On s'est assis au bord de la piscine.

Alice s'est étendue, elle a posé la tête sur mes genoux, et elle s'est endormie, apaisée comme si son hiver était plus doux.

Quant à moi, peut-être parce que je ne ressentais plus de chagrin, j'ai senti soudain monter un souvenir…

Sur le sable, je me réveille avec le soleil mêlé à la mer. Maman est à côté de moi.

Je ferme les yeux et je me concentre sur cette couleur rouge-orange qui apparaît lorsque les paupières sont closes face au soleil.

J'entends la voix de Maman, tandis qu'elle me berce contre sa poitrine :

« Tout au fond, je m'éteignais sans éclairs… En surface, je me noyais en plein air… et puis toi ; ton pouls a battu dans mon sang, un souffle liquide a coulé jusqu'au fond, et tu m'as donné la vie ! »

J'aime bien, même si j'y comprends rien.

Elle m'embrasse doucement le front.

« Je suis en vie à partir de toi. »

Puis elle me secoue ; son regard est étincelant, elle a une idée.

« Et si on allait s'acheter des glaces pour le petit déjeuner ? »

La joie étoile le visage de Maman comme une poudre de diamant.

On attend l'ouverture du supermarché. Pour faire passer le temps, Maman chante et danse dans la rue. J'adore ça.

Quelques instants plus tard, on est revenus sur le sable ; face à nous, des paillettes brillent dans l'eau, comme si le soleil s'était brisé sur la mer en milliers d'éclats. Et on mange de la glace pour le petit déjeuner.

J'ai la maman la plus formidable du monde.

Comme dans un rêve, je vois soudain le décor s'estomper, puis je passe de la lumière marine de la plage à la lumière terrestre d'un cimetière…

Cette fois, je suis spectateur…

Je vois un petit garçon à côté de son père, les gens défilent devant eux. Ils présentent leurs condoléances au père, puis ils se baissent pour se mettre à la hauteur du fils.

« Mon pauvre petit », qu'ils disent à tour de rôle. « Mon pauvre, pauvre petit. »

« J'suis pas triste », répète le gosse à chaque fois.

On lui rabâche et remâche que sa maman est montée au ciel, il répond :

« C'est pas vrai, Maman est descendue dans la terre. »

*Elle a pas été encielée*, il pense, mais sans le dire aux gens parce qu'ils ne comprendraient pas.

Il trouve que c'est dommage, parce qu'aujourd'hui le ciel est bleu clair comme l'aime sa maman.

Je suis d'accord avec lui.

Seulement, le petit garçon d'alors ne ressentait rien, tandis que le jeune homme qu'il était devenu pouvait à présent éprouver la douleur. Et je trouvais ça déplacé, grossier, salaud de la part du ciel d'être aussi beau en ce jour si laid – j'aurais voulu qu'il porte un deuil à la hauteur de ma mère, en se couvrant d'un bout à l'autre de nuages noirs…

… De nuages tellement noirs qu'on aurait dit la fumée d'un incendie, comme si tous les anges s'étaient rebellés et avaient allumé un grand feu pour faire du ciel un enfer.

***

Je me suis réveillé au bord de la piscine d'un manoir en Normandie.

Assise à côté de moi, Alice a soufflé :

« T'étais où ? »

« D'abord sur une plage, ensuite à un enterrement. »

« Tu me racontes ? Mais commence par l'enterrement, j'aime pas la plage. »

## 25

Vers 20 heures, elles ont commencé à arriver... Des dizaines et des dizaines de femmes, plus apprêtées les unes que les autres !

Debout en haut du grand escalier du manoir, vêtu comme un prince, Jacopo les attendait. Il avait toujours sa sale tête, mais toute cette opulence le rendait sans doute plus beau, puisque les femmes le regardaient avec une folle admiration.

Et puis les serveurs ont commencé à défiler avec les plateaux de coupes de champagne et de toasts au caviar... Les femmes étaient aux anges et Victor, qui observait le spectacle avec des yeux béats, trônait au paradis.

« C'est super », a soupiré Alice, « pour notre dernière soirée sur Terre, on est entourés de poufiasses ! »

Je lui ai juste souri. Comment lui dire que je ne voulais plus en finir ? Que je voulais qu'elle reste en vie pour faire battre mon cœur ?

Une fois l'apéritif terminé – l'hôte ayant brièvement fait connaissance avec ses invitées –, on est passés à table. À la nôtre, nous étions que tous les quatre : Jacopo, Victor, Alice et moi ; Jacopo avait dit que c'était « symbolique. » *Les poufiasses* dînaient à des tables tout autour de nous.

C'est Jacopo qui a porté le toast en début de repas – mais comme ça l'emmerdait d'en trouver un, il avait chargé Alice de lui concocter une phrase spéciale pour l'événement. Et elle lui avait fait du sur-mesure.

« Au commencement était le verbe, c'est après que sont arrivées les emmerdes… À la Mort, qui seule saura soulager la douleur d'être né ! »

Ensuite, on s'est attaqués au festin.

Et pour un festin, c'en était un ! J'avais jamais mangé des trucs aussi bons, et je savais même pas ce que c'était : chaque plat portait un nom composé d'une phrase de plusieurs mots, comme *Constellation de homard bleu et son jus coraillé*…

J'ai regardé Victor : ses yeux brillaient comme si, à chaque nouvelle bouchée, il avalait une étoile.

Alice, elle, avalait du *Château D'yquem millésime 1984* comme on boit du Coca. Et sur son visage d'ordinaire indéchiffrable, on pouvait lire de l'apaisement ; comme si ce vin prodigieux faisait surnager ses émotions.

Et moi, je me demandais si l'alcool cristallise l'audace ou bien la connerie, parce que je venais d'entendre ma propre voix déclamer :

« Le bleu de tes yeux ecchymose mon cœur. »

Alice a souri, sans cynisme ni rien ; juste un sourire normal – et luxueusement enivré.

« Allégorique comme du Sophie bourrée à l'aube… »

« Extra, le discours de Jacop' ! », a lancé Victor, sortant la tête de son assiette.

Il s'est tourné vers mon Alice aux joues vermeilles.

« Dis », il a demandé avec sa politesse enfantine. « Tu pourrais me faire un mot d'perdu vernalien ? »

« Tu veux dire un mot d'adieu nervalien ? »

« Ouais… J'aimerais bien avoir une meilleure note au devoir du suicide, au cas où. »

Après une courte réflexion, notre bricoleuse de mots perdus a trouvé :

*J'aurais pu être le Ténébreux, le Veuf, l'Inconsolé…*
*… mais c'est raté.*

« C'est nervalien ? » m'a demandé Victor.

« Plus nervalien, tu meurs… » j'ai dit.

« … pendu à Noël », a souri Alice en essuyant une goutte de cynisme que ce vin n'avait pas réussi à noyer.

***

Alors qu'on en était au dessert – intitulé *Exquise surprise chocolatée au cœur en nuage* –, le maître d'hôtel de Jacopo est venu le voir.

« Monsieur ? Des gens… étranges sont à la porte principale. Ils disent vouloir participer à votre fête, mais ils ne ressemblent pas à vos autres convives… L'une d'entre eux dit s'appeler Colette. »

« Colette ?! » l'a coupé Alice.

Et on s'est levés tous les deux pour courir au portail.

Derrière, il y avait bien Colette, son amant, ainsi qu'une cinquantaine d'autres hippies qui les accompagnaient…

« C'est la fille de Bertrand », a expliqué Colette, « qui a vu l'annonce de Jacopo sur son téléphone. Elle est venue la montrer à son père en lui disant : *Voilà, c'est dans ce genre de voiture que je veux rouler, pas dans une caravane pourrie !* J'ai tout de suite reconnu Jacopo, et comme il y avait une adresse, je me suis dit que j'allais venir passer cette soirée avec vous. Vous me manquiez ! Seulement, comme vous pouvez le constater, dans la communauté on fait tout ensemble… »

« Laissez-les entrer », a gentiment demandé Alice au maître d'hôtel.

« En êtes-vous sûre, Mademoiselle ? »

« Votre patron est entouré de putes, vous voulez que j'appelle la police ? Vous voulez qu'il ait des emmerdements à cause de vous ? »

Il a ouvert le portail, et une vague de cheveux longs a déferlé vers le manoir.

Alice m'a souri :

« D'abord la gentillesse et ensuite la menace, je ne sais plus où j'ai appris ce truc de voyou… »

« Qu'est-ce que c'est que *ça* ? » a demandé Jacopo en nous voyant revenir – le « ça » désignait les nouveaux invités débraillés qui s'étaient jetés sur les plateaux d'apéritifs que les poufiasses n'avaient pas finis.

« Des amis, des emmerdes », a souri notre Colette tragédienne devenue zen.

Jacopo a haussé les épaules.

« Je me fiche des emmerdes… La mort va bientôt me soulager de la douleur d'être né. »

Reconnaissant le style, Colette s'est tournée vers Alice.

« Bravo, ma fille, je n'aurais pas trouvé mieux. »

Le maître d'hôtel a apporté deux chaises, Colette et Bertrand se sont joints à notre table pour le café.

Le sujet de la conversation ? Les souvenirs. Sauf que ça causait pas vraiment souvenirs de vacances…

Victor avait une question :

« À votre avis, c'est vrai que juste avant de mourir on se souvient de toute sa vie en une minute ? »

« Foutaises ! » a lâché Colette, finalement pas tout à fait zen.

Et elle a inspiré – avant de déclamer :

« Les souvenirs c'est comme les dents de lait : ça finit toujours par vous quitter, en vous laissant un sourire troué… »

Notre tragédienne était toujours là.

« La différence », elle a ajouté, « c'est qu'aucun souvenir ne repousse à la place de celui qu'on a perdu. Et à force d'avoir des trous dans son sourire, on ne sourit plus. »

Silence.

« Colette, vous m'angoissez », a dit Jacopo. « Vous n'auriez pas un anxiolytique sur vous ? »

« Évidemment, mais… laissez-moi finir ! »

« Allez-y… »

« Qu'il soit beau ou pourri, un souvenir s'achève en oubli… c'est pourquoi on ne doit pas avoir peur du malheur. »

« Ni du bonheur ! » a positivé Bertrand.

Et Colette n'a rien ajouté. Pas de dernier mot.

« Moi aussi, ça m'a angoissé, le truc des dents et des souvenirs », a tenté Victor en tendant la main vers la boîte d'anxiolytiques – pour se faire aussitôt repousser par Colette.

« C'est mauvais pour ta mémoire. »

« Parfois », j'ai dit, « un souvenir est juste enterré, *refoulé*, comme disent les psys. Et puis un jour, il remonte d'un coup ! »

« J'aurais préféré ne pas entendre ça ce soir », a dit Alice. « Merci pour l'angoisse. »

Et Alice a eu droit à son petit bonbon.

« Pourquoi elle et pas moi ?! » s'est révolté Victor.

« Parce qu'elle a plus de fêlures que toi ! Je suis experte en fêlés ! »

Le mot a mis un coup à Victor :

« Pourquoi c'est moi qui suis fêlé et pas mon frère ? »

Ce à quoi notre experte a répondu avec élégance :

« Parce que la vie, c'est comme un pigeon qui te chie sur la tête sans prévenir : tu peux rester sur place à te demander pourquoi c'est tombé sur ta tête et pas sur celle du voisin. Ou alors essayer de te démerder et continuer ta route. »

« C'est pas juste ! » a râlé Victor.

« La vie n'obéit pas à la justice des hommes, mais à l'injustice des pigeons. »

Colette s'est levée de sa chaise.

« Et maintenant, place à la fête ! » elle a déclaré en attrapant une bouteille de vin hors de prix, dont elle a avalé une gorgée au goulot.

De son bel air espiègle, elle a porté un toast :

« À la vie, ce pigeon qui nous emmerde ! »

Et on a tous trinqué à la vie.

Les yeux de Victor se sont allumés en clignotant.

« J'vais dire au DJ de lancer la musique ! Au fait », il a appris au passage à Jacopo, « j'ai engagé un DJ pour la soirée ! »

Jacopo ne savait pas ce que c'était, un DJ, mais il s'en fichait.

Alice m'a pris par la main. Son regard s'est mêlé au mien qui a trahi les mots dans ma bouche – aussitôt bâillonnée par la sienne.

« J'en veux pas », elle a dit en libérant mes lèvres. « Tes phrases à la con, j'en veux pas. »

Je mourais de lui dire que je la voulais en vie, quelle que soit l'injustice des pigeons.

« J'en veux pas », elle a répété.

Alors j'ai laissé tomber ma phrase à la con, et je me suis laissé entraîner dans la foule.

# 26

Le spectacle valait son pesant de sel : toutes ces personnes venues ici pour l'argent, mélangées à toutes ces personnes vivant dans le dénuement total... Au début le contact a été plutôt froid, puis l'alcool est venu réchauffer tout ça et, en moins d'une heure, on pouvait voir barboter dans la piscine chauffante une femme en maillot de bain Channel aux côtés d'un jeune hippie à poils !

À l'intérieur, ça continuait à picoler, à danser, et à rire, beaucoup ; faut dire que les hippies n'étaient pas venus les mains vides, leur herbe 100 % bio faisait un tabac.

J'ai aperçu Victor sur un canapé. Caressant Oscar sur ses genoux, il était entouré de quatre femmes – enfin *poufiasses* – qui l'écoutaient avec attention.

« Regarde ça ! » j'ai chuchoté à Alice.

On s'est approchés pour voir ce qu'il pouvait bien leur raconter.

« Je n'ai pas peur de la mort, je ne la connais pas... alors que la vie, je la connais. En somme, j'ai plus peur de mourir que de vivre. »

« Trop puissant », s'est extasiée une pouffe.

« C'est le contraire ! » a crié Alice à l'orateur de ces dames.

« Pardon », il s'est repris, « je voulais dire que j'ai plus peur de vivre que de mourir... »

« Trop trop puissant... »

Ouvrant les bras vers nous, Victor a surjoué un air solennel :

« Je vous présente mes amis… Ils ont tous les deux essayé de se crever le cœur ! »

On a entendu des « Oh ! » et des « Ah ! »

« La prochaine fois », il nous a taquinés, « faudra apprendre à viser le cœur, pas l'épaule. »

Alice a riposté :

« C'est plus fort que moi : je vais toujours plus haut que je ne vise. »

Victor l'a regardée comme pour dire *Connasse*, puis il a repris son monologue décousu :

« On a tous un chien en nous, mais il ne faut pas le dresser parce que… Ah, et l'amour, c'est le cadeau de la vie pour excuser les chiens, sauf qu'en fait c'est un chat qui joue avec le cœur… »

Une poufiasse dotée d'énormes lèvres peinturlurées de rose bonbon, qui jouait avec une mèche de ses cheveux ondulés, a ouvert la bouche :

« C'est trop fort », elle a commenté. « Trop trop fort. »

Ses copines avaient l'air d'accord. Quant à Victor, il se délectait de cette nouvelle attention avec la même gourmandise que pour des pains au chocolat.

On l'a laissé à ses conquêtes. On a aperçu Jacopo, mais il était inatteignable derrière le mur de poufiasses qui l'entourait.

« Pourquoi t'as visé le cœur ? » j'ai demandé à Alice.

Comme si c'était une évidence, elle m'a répondu :

« Parce que dès son tout premier coup, le cœur bat un compte à rebours vers la mort. »

Plus loin, Colette dansait avec son Bertrand. Elle nous a invités à les rejoindre.

« C'est si beau », elle s'est émue en nous regardant, « de jeunes amoureux… »

« Je ne suis pas amoureuse », a rétorqué Alice, « j'aime personne. »

Colette, passablement défoncée, a ri comme si elle venait d'entendre une blague très drôle. Alice lui a pris le gros joint qu'elle tenait à la main, et elle s'est mise à tirer dessus.

« Doucement », a dit Bertrand, « c'est de l'herbe afghane ! »

Déjà hilare, Alice m'a passé le joint ; comme je voulais être dans le même état que tout le monde, j'ai aspiré plusieurs longues et belles bouffées.

Je dansais avec Alice quand j'ai eu une irrésistible envie de lui dire ce que je ressentais ; mais par peur qu'elle se foute de ma gueule, j'ai choisi les mots d'un autre.

« Tes yeux », je lui ai dit, « c'est le seul miroir dans lequel j'ai pas peur de me voir tel que je suis. »

Elle s'est foutue de ma gueule :

« C'est une réplique de Barbara Cartland dans *Un éternel enchantement* ? »

J'ai essayé avec mes mots :

« Avant… mon cœur était enrobé d'une couche de glace. Depuis toi, mon cœur flambe tout le temps, et flamber signifie : *brûler en produisant de la lumière*… Je pourrais me servir de ce feu pour incinérer ton hiver ! »

Elle m'a coupé :

« T'es dé-fon-cé… »

« On change de partenaire ? » a souri Colette en m'attrapant par le coude.

Elle m'a murmuré :

« Le cœur d'une femme est un coffre-fort fermé par une combinaison de mots : à toi de trouver ceux qui t'ouvriront celui d'Alice ! »

Et elle s'est mise à me faire tourner.

Quand elle m'a lâché, je voyais toute la pièce virevolter comme un manège. Alice dansait avec Bertrand, Colette tournait sur elle-même. J'ai eu envie de vomir.

« J'reviens », j'ai dit en quittant le grand salon.

Lentement, j'ai traversé le couloir du rez-de-chaussée : marcher en ligne droite m'a fait du bien. J'entendais le bruit de la fête s'estomper derrière moi... J'allais mieux.

Je me suis retrouvé à l'entrée d'un autre salon, plus petit, où j'ai décidé de me poser un peu au calme. Et c'est là que j'ai découvert, sur un fauteuil, une silhouette qui a bien failli me faire m'évanouir : celle de mon père.

Je l'ai regardé sans pouvoir bouger.

« Je vais pas rester longtemps », il a commencé. « Je sais que tu es à une fête, alors viens t'asseoir : je dois te parler. »

Je me suis exécuté.

« Écoute », il a dit.

« Comment tu m'as trouvé ?! » je l'ai coupé.

Il a eu un sourire en coin.

« Tu sous-estimes mon réseau, fils. »

Je n'en saurais pas plus.

« Écoute », a recommencé mon père.

J'ai hoché la tête. Il a pris une grande inspiration.

« Quand j'ai rencontré ta mère », il a commencé, « je savais qu'elle était malade, mais je m'en foutais : je l'aimais, elle était comme elle était. »

Silence.

« Quand elle s'est tuée », il a continué, « j'ai respecté son choix. Je ne sais pas ce que c'est, *le mal de vivre*, mais si ça fait si mal que ça, autant ne plus vivre. »

Il a mis les mains sur ses genoux.

« Je suis venu te dire ce que je n'ai jamais pu lui dire à elle : te dire au revoir... »

« Papa, j'ai décidé de pas le faire. »

« Quoi ? »

« Je suis amoureux... Depuis Maman, j'avais oublié ce que c'était, d'aimer très fort, et je veux pas que ça s'arrête. C'est une fille avec laquelle je me suis enfui de la clinique... »

Il avait l'air complètement largué.

« Dans ta lettre d'adieu, tu expliquais que tu voulais mourir pour ne plus aimer personne, de peur que la personne que tu aimes ne meure… c'est bien ça ? »

« C'est ça. »

« Et maintenant, tu veux vivre pour aimer une personne qui *désire* mourir ? »

« Ouais… Avant elle je voulais mourir. Depuis Alice je désire vivre – sauf que je ne peux pas y arriver sans elle. »

Silence.

« J'ai envie de la sauver, Papa. »

« Si ça a un rapport à ta mère, il faut que tu saches que personne ne pouvait la sauver. »

« Je sais », j'ai chuchoté, alors que ces mots familiers défilaient devant mes yeux :

*Si quelqu'un avait pu me sauver, cela aurait été toi…*

*… Je ne pense pas que deux personnes auraient pu être plus heureuses que nous l'avons été.*

« C'est quoi qui la fait souffrir, ton Alice ? » a demandé mon père.

« L'hiver », j'ai répondu. « Elle dit qu'à l'intérieur d'elle, c'est l'hiver. »

Je l'ai vu se lever, pensif.

« Bonne chance », il a murmuré. « Si tu l'aimes vraiment, essaie de la garder en vie le temps qu'elle passe son hiver… J'ai connu ta mère avec toutes les saisons à l'intérieur d'elle. C'était très beau quand elle était au printemps. »

Et il est parti.

Après une bonne minute pendant laquelle je me suis demandé si je venais vraiment de parler avec mon père ou si je l'avais imaginé, j'ai quitté la pièce.

*Cette herbe afghane*, j'ai pensé en traversant le couloir dans l'autre sens, *c'est vraiment quelque chose.*

Dans le grand salon, j'ai retrouvé la fête et Alice.

« Ça va ? » elle m'a demandé, « t'as une drôle de tête ! »

« Ça va », j'ai répondu. « Je crois que j'ai vu un fantôme dans le manoir... »

« Faut que tu voies un truc ! » elle s'est écriée en m'entraînant derrière elle.

Un curieux rassemblement se tenait dans un coin du salon : debout sur une chaise, un hippie conduisait une sorte de prêche devant un public composé d'une dizaine de poufiasses...

« Elles ont pris des champignons hallucinogènes », m'a expliqué Alice.

« Débarrassez-vous de vos artifices ! » il leur a soudain lancé, et toutes se sont mises à jeter leurs sacs de marque à ses pieds.

Quelques minutes plus tard, on a vu l'une d'entre elles fendre la foule, complètement nue, et traverser le salon en criant :

« Je suis libre !! Je suis enfin libre !! »

« Je crois qu'il est temps d'appeler les urgences psychiatriques ! » riait Alice.

Et la soirée a continué comme ça.

# 27

À un moment, j'ai remarqué Colette assise toute seule dans un fauteuil. Je suis allé la rejoindre ; j'avais une question importante à lui poser. Mais avant que je ne dise un mot, elle m'a balancé :

« Les sanglots partagés, ce sont les éboueurs du cœur. »

« Quoi ? »

« Je t'ai déjà dit que je savais voir dans les yeux le reflet du cœur. Le tien avait un bel amas de crasse qui a disparu. »

Elle a soupiré avant de continuer :

« Et le cœur d'Alice… Oh, le cœur de cette petite ! Fallait voir la crasse qui s'était amassée dedans… Plus de traces non plus. »

Elle m'a caressé la joue.

« C'est formidable, que vous vous soyez livré l'un à l'autre. Et pleurer ensemble, Dieu quelle merveille : c'est ça qui vous a nettoyé dedans. Les larmes qu'on partage, c'est de la lumière d'eau, Monsieur Propre en personne qui te récure l'intérieur ! »

« Vous… Vous avez deviné *tout ce qui s'est passé* juste en regardant nos yeux ? » j'ai demandé, impressionné.

« Non. C'est Alice qui m'a raconté », elle a chuchoté.

Et elle m'a souri comme une gamine toute fière de son entourloupe.

Au goulot, elle a bu une lampée de la bouteille de vin qui était à ses pieds, puis elle me l'a tendue.

« Bois un coup avec moi… Mais ne deviens jamais alcoolique : s'écorcher le foie masque les bleus du cœur, mais au matin le masque se lève, et bonjour les écorchures ! »

J'ai bu une gorgée.

« Vous êtes *vraiment* alcoolique ? » je lui ai demandé.

« C'est ma lucidité qui l'est. Sobre, elle est méchante comme la sonnerie d'un réveil qui t'arrache à un beau rêve… alors je lui donne à boire pour qu'elle me laisse encore rêver un peu. »

Elle a ri.

« Enfin, ça, c'est ce que je raconte aux réunions des Alcooliques. La vérité, c'est que j'adore picoler ! »

Elle m'a repris la bouteille.

« Le bon vin venge des cochonneries que nous fait avaler la vie ! Et celui-là est un bon justicier ! »

J'ai patiemment attendu qu'elle savoure sa vengeance.

« Colette, est-ce que je peux vous poser une question indiscrète ? »

« Mon mignon, on s'est connus dans une clinique psychiatrique : rien n'est indiscret entre nous. »

« Vous avez dit que la pire cruauté est humaine. »

« C'est tout à fait vrai. »

« Comment on fait, quand on a souffert de cette cruauté, pour ne pas ressentir constamment de la haine ? »

« Tu as peur pour ton Alice », elle a traduit.

Sans attendre ma réponse, elle a continué :

« La haine… La haine c'est le réconfort du chagrin. Ça te le dorlote, ça te le bichonne, ton chagrin… alors au début, la haine, on en mange par poignées ; et crois-moi, les poignées de haine, c'est moins bon que les poignées d'amour ! » elle s'est amusée.

« J'ai pas envie de jouer », j'ai dit.

Alors Colette m'a parlé sérieusement.

« Tous les rescapés de la cruauté humaine sont sensibles au charme de la haine. Cette haine creuse le cœur pour le remplir de noir ; et c'est si confortable, le noir… on peut y cacher des souvenirs, y endormir sa mémoire… La mémoire est une vieille garce qui adore remuer la merde. »

« Mais comment on fait pour que la personne ne soit plus charmée par cette haine ? »

Colette a pris un ton catégorique.

« Il faut devenir le cœur-miroir qui irradie son cœur-noir. »

« Euh… ce serait possible d'avoir une réponse sans métaphore ? »

« Il faut l'aimer. »

« C'est tout ? »

« C'est beaucoup. »

Me voyant dubitatif, elle a précisé :

« Je te parle d'aimer à te perdre. D'aimer à perdre ce qui te sauve. »

*Alice*, j'ai pensé. *C'est Alice qui me sauve.*

« C'est beaucoup », a répété Colette. « On est d'accord. »

Elle a poussé un soupir tragique.

« À cause de toi, j'ai fait un effort intellectuel : j'ai besoin d'herbe bio pour redevenir idiote ! Et tu devrais faire pareil, car il n'y a pas plus heureux qu'un idiot : mieux vaut dormir dans la lumière qu'être éveillé dans le noir… Oh, pardon – les photophores, c'est plus fort que moi ! »

Elle s'est levée. Je lui ai souri.

« Merci, Colette. »

« De rien, mon grand. »

Elle m'a regardé dans les yeux pour conclure, mi-sérieuse mi-espiègle :

« Arrête de te mordre le cerveau, le plus dur est fait : Alice t'a ouvert le chemin de son cœur. Prends-le sans chercher à faire des détours, la voie est aussi simple et directe que, disons… le trajet d'une balle de revolver. »

Un clin d'œil, et Colette est partie.

## 28

« Viens », m'a dit Alice en me tirant par le bras.

On a traversé des salles, des couloirs, on a monté et descendu des escaliers... Alice ouvrait les portes au hasard, regardait les pièces, les refermait, je la suivais ; puis elle a ouvert une porte et, après avoir jeté un coup d'œil à l'intérieur, elle a dit :

« Ici c'est bien. »

Elle m'a entraîné à l'intérieur.

« J'ai envie de coucher avec toi. »

Je suis resté muet. Elle m'a regardé bien dans les yeux.

« C'est une réaction physiologique destinée à faire copuler les individus d'une espèce dans le but de se reproduire, tu te souviens ? »

J'ai dégluti en hochant la tête.

« Alors viens », elle a repris.

Le cœur tremblant, j'ai suivi Alice.

On s'est allongés sur le lit. Elle a commencé à se déshabiller, je regardais sa peau, elle a posé ma main sur elle et Alice a dit :

« Sois gentil. »

Ces deux mots, la façon dont elle les avait prononcés : elle demandait ; Alice qui ne demandait jamais la permission de fumer, Alice qui ne s'excusait pas... je savais que ça lui coûtait, de demander quelque chose.

Alors j'ai été gentil. De bout en bout.

Comme s'il s'était fragmenté en milliers de petits morceaux, son cœur palpitait sous sa peau ; et j'avais l'impression que le mien aussi s'était divisé en milliers de petits palpitants.

Et puis, il y a eu ce moment…

… ce moment où son cœur à fleur de peau battait contre ma peau à fleur de cœur…

***

Les premiers rayons de soleil, en traversant les stores de la chambre, m'ont fait ouvrir les yeux.

La peau d'Alice était contre la mienne. Douce et délicate. J'ai tout fait pour ne pas bouger, pour faire durer ce moment, mais j'ai fini par sentir qu'elle se réveillait.

Sans un mot, j'ai posé mes lèvres contre son épaule encore chaude de sommeil. Elle s'est dégagée, s'est levée, et rapidement rhabillé.

« C'est l'heure », elle a soufflé dans la fumée de sa première cigarette.

« Attends ! » j'ai dit en me levant.

« Attendre quoi ? »

Son regard était comme un soleil aux rayons bleu nuit.

« Juste une minute. Je voulais te parler de ce truc que j'ai lu dans un magazine scientifique… Prenez une souris, mettez-la dans les conditions telles que sa sécrétion de sérotonine – l'hormone du bonheur – soit optimale : espace, nourriture, occupation. Jetez cette souris à l'eau, elle se débattra pour rester en vie ; on dit alors que son *Taux d'Espérance* est maximal. Prenez une autre souris, mettez-la dans des conditions de vie exécrable : espace réduit, quasi-absence de nourriture et d'occupation : son cerveau produira de moins en moins de sérotonine. Jetez cette souris à l'eau, elle se laissera couler ; on dit que son *Taux d'Espérance* est minimal. Prenez *deux* souris aux taux d'espérance minimal, et jetez-les à l'eau ensemble. L'une d'elles essaiera de sauver l'autre de la mort. »

Elle m'a regardé comme pour dire : *Et alors ?*

« Alice », j'ai déclaré, « je veux être la souris qui essaiera de te sauver de la mort. »

Elle fumait en me regardant. Elle a soufflé :

« Je ne sais pas si la chose la plus belle ou la plus débile qu'on m'ait jamais dite. »

« Laisse-moi essayer, juste essayer... Si j'échoue, je te laisserai mourir... et je me tuerai après. »

Elle a froncé les sourcils.

« Et si la gentille souris se transforme en méchant chien ? » elle a demandé.

« Alors je te laisserai me tuer. »

Elle réfléchissait. J'ai continué :

« Si l'amour est *le désir de trouver quelqu'un qui connaisse l'étendue de notre tristesse*, alors tu m'as trouvé : hier, sur le banc, tu m'as emmené au cœur de ton hiver. »

Elle ne s'est pas foutue de ma gueule ; elle n'a pas ri. J'avais enfin trouvé les mots.

« Tu n'as rien à perdre », j'ai conclu.

« OK », elle a dit.

« Quoi ? Juste OK ? »

« Ben oui. Moi, je fais pas de déclaration. »

# 29

Alors qu'on descendait l'escalier, Alice s'est mise à rire :

« Oh, mon canard en sucre, mon rat sans sérotonine, je viens de trouver une déclaration parfaite pour toi ! *J'aimerais t'offrir un collier d'étoiles, pour que tu ne sois jamais dans le noir…* Alors ? »

« Alors elle est parfaite pour moi », j'ai dit, tout content.

Elle a plissé les yeux.

« T'as l'air hyper con quand t'es heureux. »

« Ton malheur m'a pris en flagrant délit de bonheur », j'ai reconnu. « Il n'a qu'à se venger en disant un truc méchant ! »

Son malheur ne s'est pas gêné :

« *Il était une fois deux souris qui se jettent à l'eau… Laquelle coulera en premier pour entraîner l'autre tout au fond* ? »

« Pas mal, mais mon bonheur à une autre version : *Il était une fois…* »

Elle m'a coupé à la machette :

« Les histoires de bonheur font chier tout le monde. »

***

Dans le grand salon, le ménage avait déjà été fait, et le petit déjeuner installé. Quelques poufiasses et quelques hippies étaient encore là. Maquillages fatigués et gueules de bois, ils prenaient le café en silence.

Victor nous a fait signe. Il était assis à une table et croquait dans une pomme, alors que des montagnes de viennoiseries avaient été disposées un peu partout…

« J'ai décidé de maigrir », il nous a annoncé. « J'ai découvert un truc encore meilleur que la bouffe : le sexe ! Hier soir, j'ai perdu ma virginité, quatre fois ! »

« Tu leur as dit que le manoir était à toi ? » a demandé Alice.

« Nan ! J'leur ai dit que j'allais me suicider vierge… Ah, au fait : pour le suicide, désolé mais j'en suis plus, hein. Je compte devenir mince et riche, pour coucher avec plein de femmes ! Et en plus, j'ai découvert comment avoir l'air intelligent : il suffit de s'entourer de personnes plus stupides que soi ! Au pire, je finirai sexoolique entouré de cons ! »

« Très beau projet de vie », a commenté Alice.

« En fait », j'ai répondu, « nous aussi on a décidé de pas le faire… »

« Sérieux ?! Alors c'est fini les histoires de suicide ? »

« Pas exactement », a rectifié Alice. « Si je meurs avant lui, il se tue. Et s'il se comporte comme un chien, je le tue. »

« C'est super ! Et ça veut dire que je vais continuer d'avoir des amis… »

Ses yeux se sont allumés, comme s'il venait de se souvenir de quelque chose.

« Merde alors, j'ai complètement oublié ! » il a dit en se tapant le front avec la paume de la main – et il a sorti de sa poche un bout de papier tout froissé.

Il a pris une longue inspiration avant de lire à voix haute :

« *Les amertumes de la vie ne seraient pas mangeables sans cette sauce au miel nommée amitié.* »

« T'as trouvé cette phrase sur un profil Tinder ? » a demandé Alice.

« Elle est à moi ! » s'est offusqué Victor. « Je l'ai achetée au poète de l'auberge contre une bière ! »

Il a boudé en marmonnant :

« C'est pour vous deux que je lui ai commandé une phrase sur l'amitié… vous êtes mes premiers vrais amis. »

Alice est allée le cajoler.

« Tu es le meilleur ami qu'on puisse avoir : qui d'autre que toi, Victor, irait acheter une citation au fils de Mona-l'arnaqueuse-aubergiste et Gégé-la-tête-de-mort ? »

On a rigolé.

« Et Jacopo ? » j'ai demandé à Victor, « il a fait comme toi ? Une boulimie de femmes ? »

« Ben non, à un moment de la soirée il m'a dit qu'il allait se coucher, qu'il s'emmerdait… »

On a arrêté de rire.

Sans un mot, on a couru jusqu'au bout de la falaise.

En bas, le corps de Jacopo s'était écrasé.

On n'a rien dit, on a juste regardé ; regardé la mort.

Aucun de nous n'a bougé jusqu'à l'arrivée d'Oscar, lequel nous a priés de nous en aller en nous assurant que toutes les dispositions avaient été prises depuis longtemps.

J'ai serré fort la main d'Alice dans la mienne. Le soleil levé nous éblouissait, j'ai gonflé la poitrine comme pour voler ses rayons et les cacher dans mon cœur ; parce qu'il allait m'en falloir, des lumières, pour ensoleiller son hiver.

# 30

Seule à une table entourée de trois chaises vides, Colette nous attendait.

On s'est assis, elle a pris la parole.

« Il ne faut pas être triste pour Jacopo. Seule la mort pouvait soigner la maladie incurable dont il souffrait : naître en vie mais sans espoir. »

Elle avait raison, on le savait.

« L'espoir », elle a continué, « c'est un petit oiseau qui continue à chanter même en pleine tornade. S'il arrête de chanter, alors on plonge dans cette merde noire qu'on appelle désespoir. Mais ça se soigne, et l'oiseau revient chanter dans la tornade. »

Silence.

« Certaines personnes, comme Jacopo, naissent sans ce petit oiseau. »

Victor a marmonné.

« C'était l'emmerdeur le plus sympa que j'aie connu. »

Alice a allumé une cigarette.

« Je suis d'accord. C'est fou comme on trouve toujours les gens plus sympas quand ils sont morts. »

« Comment on fait pour que l'oiseau s'arrête pas de chanter ? » a demandé Victor.

« Il faut le nourrir, mon chéri. Ça se nourrit, l'espoir. »

« Et ça mange quoi ? »

« De l'amour. Toute sorte d'amour. »

« Comme quand on aime un chien et qu'il nous aime ? »

« Exactement. Le meilleur moyen de se faire aimer, c'est d'aimer. Aimer qui tu veux, aimer comme tu veux. »

Elle nous a regardés, Alice et moi.

« Et parfois on trouve son grand amour ; là, il faut aimer à se perdre… »

*Aimer à perdre ce qui te sauve*, j'ai pensé.

« Et si on allait marcher un peu ? » a proposé Colette à Victor.

Ils se sont levés. Mais évidemment, Colette n'avait pas dit son dernier mot. En se penchant vers Alice, elle a ajouté :

« Le temps peut bien tout saloper : trouver son grand amour, c'est l'aurore qui te promet le jour pour éclipser la nuit. »

Et Colette et Victor sont partis, bras dessus bras dessous.

« Je t'aime », j'ai dit à Alice, aussi direct qu'une balle de revolver.

« Je t'emmerde », elle m'a répondu dans sa langue à elle.

Puis elle est venue s'asseoir sur mes genoux, ses bras m'ont tendrement enlacé ; et je me suis blotti contre son cœur.

Quant au mien, je n'avais pas réussi à l'abattre ; alors il allait battre, mon cœur battant – pour moi et pour les autres.

Dans ma tête, il y a une image : l'horizon s'est fondu en un seul bleu. « *Le ciel se déverse dans la mer, c'est la vie qui se fait belle pour t'inviter à vivre…* »

La vie me fout la trouille, mais je m'élance.

Je me jette au ciel.

Directeur de publication : Frédéric Lavabre
Collection dirigée par Tibo Bérard
Assistante d'édition : Julia Robert-Thevenot
Maquettiste : Claudine Devey



Achevé d'imprimer en août 2018
sur les presses de l'imprimerie ProImpress
N° d'édition : 0110
Dépôt légal : 2e semestre 2018
ISBN : 978-2-37731-148-4

*Imprimé en Bulgarie*